Verlag Bibliothek der Provinz

Klaus A. Amann
WIR LAGEN VOR MADAGASKAR
Eine Vernehmlassung

herausgegeben von Richard Pils

ISBN 978-3-99028-358-5

A-3970 WEITRA 02856/3794
www.bibliothekderprovinz.at

Umschlag: Klaus A. Amann

Klaus A. Amann

WIR LAGEN VOR MADAGASKAR

Eine Vernehmlassung

Für meine Eltern, denen ich vieles verdanke.

If a man will begin with certainties,
he shall end in doubts;
but if he will be content to begin with doubts,
he shall end up in certainties.

Francis Bacon

Wir lagen vor Madagaskar
Und hatten die Pest an Bord
In den Kesseln, da faulte das Wasser
Und täglich ging einer über Bord.

Ahoi, ahoi, Kameraden, ahoi, ahoi!
Ja, wenn das Schifferklavier an Bord ertönt,
Ja, dann sind die Matrosen so still, ja so still
Weil ein jeder nach seiner Heimat sich sehnt,
Die er gerne einmal wiedersehen will.

So lagen wir vierzehn Tage,
Kein Wind in die Segel uns blies
Die Pest, die war unsere Plage,
Da liefen wir auf ein Riff.

Ahoi, ahoi, Kameraden, ahoi, ahoi! …

Der Schiffskoch, der war der Erste
Der soff aus dem faulen Nass
Die Pest gab ihm das Letzte
Und wir ihm ein kühles Seemannsgrab.

Ahoi, ahoi, Kameraden, ahoi, ahoi!

Il pleure dans mon cœur

Il pleure dans mon cœur
Comme il pleut sur la ville ;
Quelle est cette langueur
Qui pénètre mon cœur ?

Ô bruit doux de la pluie
Par terre et sur les toits !
Pour un cœur qui s'ennuie,
Ô le chant de la pluie !

Il pleure sans raison
Dans ce cœur qui s'écœure.
Quoi ! nulle trahison ? …
Ce deuil est sans raison.

C'est bien la pire peine
De ne savoir pourquoi
Sans amour et sans haine
Mon cœur a tant de peine !

Paul Verlaine

I

WIR LAGEN VOR MADAGASKAR

Wir lagen vor dem Zelt auf einer großen Wiese in einem Dorf über dem Felsen und es war das erste große Abenteuer für zwei Kinder, die mit ihrem Vater zelten waren. Damals war er noch der Übervater, der den schweren Rucksack trug, das Zelt aufstellte, ein Feuer machte und das Essen über dem Feuer wärmte. Der vor der Dunkelheit keine Angst hatte und am Feuer eine Geschichte erzählte. Bei ihm waren wir sicher, er roch nach Tabak und wusste meistens wie's nach der nächsten Ecke weiterging. Ein wenig vergesslich war er immer schon gewesen: Auf dem Weg nach Hause kamen wir an der Gastra vorbei, einem Ausläufer des riesigen Waldes, der zu unserem Dorf gehört und mein Vater dachte nicht daran, dass diese Gastra sehr abrupt mit dem Pfarrschrofen endete, einem Felsen, der so schroff und unzugänglich wie unser Pfarrer damals war und gute zwanzig Meter fast senkrecht abfiel. Er ließ uns dort seelenruhig spielen, bis der ältere Bruder in kindlicher Neugier die Abgründe des Schrofen erforschen wollte, abrutschte und mit großem Glück auf einem vorgelagerten Podest zwei bis drei Meter weiter unten aufschlug und sich an einer Haselstaude festhalten konnte. Er schrie vor Schreck mit voller Kraft, aber unser Vater konnte von oben nicht an ihn herankommen, ohne uns alle in Gefahr zu bringen, und es vergingen einige panische Minuten, bis am Bauhof, der senkrecht unter dem Felsen lag, jemand die Schreie hörte, die Lage erfasste und die Feuerwehr rief. Während der Vater dem Ältesten zuredete, ruhig zu bleiben und ja nicht die Haselstaude loszulassen, kam die längste Leiter der Feuerwehr von unten herauf und holte den Buben aus seiner Schieflage. Die Geschichte wurde schonungsvoll und schmucklos der blassen Mutter berichtet und ging in die Familiensaga ein. Mehrere Jahre später in der Unterprima wählte mein Bruder in Deutsch das Aufsatzthema *Ein großer Schreck!* und ließ sich fantasievoll über den Beinahe-Todessturz am Pfarrschrofen aus, glänzte sprachlich und orthographisch und schrieb mit der sichtlichen Freude eines Schülers, der die Kraft des geschriebenen Wortes spürt, die Möglichkeiten seiner Muttersprache auslotet wie damals die Tiefe des Felsens und sich der Wirkung seiner Geschichte sicher ist. Allein, der Germanist, der ihn unterrichtete, war ein trockener Mensch – sah man von seinem Alkoholkonsum ab –, der den Text mit einem *Befriedigend* beurteilte, weil die Geschichte, wie er unserer Mutter am Sprechtag erklärte, unmöglich wahr sein könne und viel zu stark im Fantastischen angesiedelt sei. Wir hingegen konnten später kaum glauben, dass der Herr Dr. Germanist, Lateiner und Historiker, den Fernsehapparat in seinem Haus abrupt von den Kabeln trennte und ihn zum offenen Fenster hinaus in den Garten warf, weil er das Programm für kinderschädlich hielt, oder dass er die Jeans seiner emanzipierten Tochter auf dem Hackstock mit einem Beil zerkleinerte, weil Mädel in seinem Weltbild nur Röcke trugen. Doch ich schweife ab, komme vom Hundertsten ins Tausendste. Zurück zu meinem Vater.

Heute, fünfzig Jahre später, liegt er vor Madagaskar, auf einer weißen Couch, mit einer weißen Decke und weiß nichts mehr. In seinem Gedächtnis ist es so weiß wie in seiner Umgebung, aus den weißen Flecken der Erinnerungslagunen ist ein durchgehender weißer Kontinent geworden, den er nicht mehr verlassen kann. Es ist hell in der Stube, auch im Winter, große Lampen erleuchten das Zimmer taghell. Das Gedächtnis aber bleibt dunkel und wird immer noch dunkler. Über dem Felsen vor fünfzig Jahren war es stockfinster gewesen und trotzdem alles klar und sicher: dass wir schlafen würden, dass wir am Morgen einen heißen Tee bekommen würden und über knietiefe Wiesen voller gefährlicher Kühe wieder nach Hause zurückkehren würden. Heute ist für meinen Vater nichts mehr sicher, er weiß nach zwei Minuten nicht mehr, mit wem er eben telefoniert hat, er weiß nicht, wer ihn da eben freundlich lachend begrüßt, und er überspielt die Situation geschickt und sagt: Kommst du auch wieder einmal vorbei! – Was in Amelies Fall sogar zutrifft, weil sie in Wien studiert und ihren Großvater nicht jede Woche sieht. Wir aber wissen nicht, ob er seine Enkelin überhaupt erkennt. Auch zu mir sagt er jede Woche ein- bis zweimal, wenn ich vorbeischaue, um die Getränkeversorgung aufrechtzuerhalten, einen Einkauf zu erledigen, mit ihm spazieren zu gehen und mich nach Gesundheit und Pflege zu erkundigen: Dass man dich auch wieder einmal sieht! –

Am liebsten liegt mein Vater auf der weißen Couch – die früher, als alles klar war und er etwa von einem Vortrag von Iris Murdoch in der Begleitung von John Bailey an seiner hoch respektierten Alma Mater erzählte, schwarz war. Er liegt und döst und blinzelt unter der Decke hervor und schläft und ist ein Madegasse, mit dem wir uns nicht mehr so richtig verständigen können, jedenfalls nicht mehr so, wie wir's gewohnt waren und gerne hätten. Wenn meine Mutter ihn auffordert, doch an den Tisch zu kommen –

Wir haben Besuch! Und du kannst den ganzen Abend wieder liegen! –, dann kommt er zögernd und unsicher zu uns an den Tisch. Vergessen hat er, den heißen Kaffee auf mehrere Schlucke zu verteilen, vergessen, den Kuchen langsam zu genießen im Rhythmus der Unterhaltung und parallel zum Kaffee, nein, er stürzt den heißen Kaffee in einem Satz hinunter und lässt den Kuchen zur Hälfte stehen. Am Mixed-Doppel der Unterhaltung kann er nicht teilnehmen, und er versucht, den Tisch so bald wie möglich wieder zu verlassen. Wenn er noch vorher jemandes Aufmerksamkeit bekommen hat, rezitiert er ein Seemannslied, das wir schon Hunderte, vielleicht schon tausend Mal gehört haben: *Wir lagen vor Madagaskar und hatten die Pest an Bord. In den Kesseln, da kochte das Wasser* – faulte, korrigiert ihn meine Mutter, faulte heißt es, aber das sage ich dir schon zum hundertsten Mal – *und täglich ging einer über Bord*, fährt mein Vater unbeeindruckt fort. Mit theatralischer Geste und kräftiger Stimme trägt er abschließend den Refrain vor, als wäre er ein memorables Zitat aus der Literatur oder eine bemerkenswerte Pointe, die man sich unbedingt merken sollte: *Ahoi, ahoi, Kameraden, ahoi, ahoi! Ja, wenn das Schifferklavier an Bord ertönt, ja, dann sind die Matrosen so still, ja so still, weil ein jeder nach seiner Heimat sich sehnt, die er gerne einmal wiedersehen will* – und zieht sich dann zurück auf sein weißes Schiff vor Madagaskar, wo er noch Kapitän ist und die Meuterei des Alltags am erträglichsten ist.

Dies scheint der Kern seiner Botschaft zu sein: *weil ein jeder nach seiner Heimat sich sehnt, die er gerne einmal wiedersehen will.* – Dies sagt er seinem Gegenüber, uns Kindern, seinen Enkeln, seinen Geschwistern, einem Besuch, dem er traut, als könne man daraus eine wichtige Lehre ziehen, als solle man sich diesen Satz gut hinter die Ohren schreiben, wie meine achtjährige Nichte gelegentlich ihre Mutter zitiert: Schreib dir des hinta die Oahn!

Gemischt sind auch die Reaktionen auf das Recital – unser Vater konnte früher Shakespeare, Chaucer, Verlaine oder McLuhan zitieren und dies manchmal mehrere Minuten lang –, von peinlich berührter Abweisung – Das hast du doch schon so oft gesagt! – über mitmurmelnde Begleitung und Stimmführung, wenn eine Zeile wankt oder ausfällt, bis zu lautstarkem Mitsingen des Refrains, der zweiten und der dritten Strophe. Dass diese Reaktion die beste ist, habe ich zum ersten Mal bei meinem philosophischen Onkel G. erlebt, seinem jüngsten Bruder. Er hat kräftig mitgesungen, wir dann auch, und mein Vater war zufrieden, strahlte und verschluckte sich fast vor lauter Text, weil auch die letzten Drähte, die noch Verbindung haben, gemächlicher summen. Die Musik scheint es, treibt nicht nur, wie es beim barocken Dorfpoeten meines Vaters heißt, die Schmerzen behänder vom Herzen, sie dürfte auch wie bei Kubricks *Odyssee im Weltraum* eine der letzten Karten im großen Memory sein, das wir zeit unseres Lebens aufzudecken versuchen.

So lag unser Vater immer öfter und immer länger vor Madagaskar und niemand wusste, wie er dort hingekommen war. Wohnten wir zu weit entfernt von dem Dorf, in dem wir aufgewachsen waren? Sahen wir unseren Vater zu selten und wenn zu kurz, um mitzukriegen, dass er uns möglicherweise nicht mehr erkannte? Lag es an der Verständigung innerhalb der Familie, dass so lange Zeit nicht von Krankheit die Rede war? Wir stellten keine Fragen, vielleicht aus parzivalesker Ritterlichkeit, vielleicht weil wir unseren Vater nicht bloßstellen wollten und er uns schon hilflos genug erschien. Und er stahl sich sehr geschickt nach Madagaskar. Wenn wir am Telefon fragten: Habt ihr etwas vor am Wochenende?, dann sagte er: Warte, ich hol dir die Mama, mir ist es momentan entfallen, ich weiß es gerade nicht mehr. – Wir gaben uns lange mit diesen Antworten zufrieden, wir waren froh, dass kein Handlungsbedarf vom Hochmast erspäht wurde. Nur in einem Punkt handelten wir rechtzeitig, ohne das Kind allzu direkt beim Namen zu nennen, um gröberem Unheil zuvorzukommen – beim Steuerrad. Mein Vater hatte den Führerschein sehr früh bei der amerikanischen Besatzungsmacht gemacht und mit einem US-Jeep in den 1950er Jahren den einzigen Unfall in über sechzig Jahren am Lenkrad gebaut. Er war, wie er öfters erzählte, wenn wir dort vorbeifuhren, in Satteins von der Straße abgekommen und in ein *Müürle* gekracht, die kleine Mauer gab dem Jeep das Letzte und er fürchtete gemäß seinen Erfahrungen mit den braunen Khmer der deutschen Wehrmacht strenge Sanktionen. Zu seiner Überraschung fragte ihn sein amerikanischer Vorgesetzter, wie es zu dem Unfall gekommen sei, und schlug dann vor, sich beim nächsten Mal zu überlegen, wie er besser erst gar nicht in so eine Situation kommen könnte! Und dass wir aus Fehlern am meisten lernen könnten. Dieser Kommentar verblüffte Vater mehr, als ihn jede Sanktion hätte treffen können. Er versuchte nie, jemanden mit Autos oder Geschwindigkeit zu beeindrucken. Und kurioserweise lehnte er es, solange er Autos kaufte, strikt ab, deutsche Marken zu kaufen, die in unserer Region sehr populär sind und die Liste der meistgekauften Autos in der Regionalzeitung, die sonst wenig Interessanteres zu berichten hat, regelmäßig anführen.

Nach über sechzig unfallfreien Jahren also fing es damit an, dass er das Auto im Dorf suchte, weil er sich nicht mehr genau erinnerte, wo er geparkt hatte, beim Ein- oder Ausparken kleinere Schrammen verteilte, für die meine Mutter immer den anderen die Schuld zuwies (Mir sind doch richtig), und er nächtliche Autofahrten oder Tunnels vermied wie der Anfänger das Bergauf-Losfahren. Meine Mutter hatte den Führerschein nie erworben, in ihrer Generation hier am Land die Regel, und da sie äußerst schlecht zuwege war, fürchtete sie den Abschied von der Automobilität so sehr, dass sie sich weigerte, das Auto aufzugeben und der Realität in die stahlblauen Augen zu blicken. Von uns Geschwistern haben nur drei den Führerschein gemacht und nur zwei fahren regelmäßig Auto. Zwei sind zu schreckhaft, um die gelegentlichen Adrenalinkicks des modernen Straßenverkehrs abfedern zu können, und einer meidet den Individualverkehr, wo immer dies nur möglich ist.

Gerade für einen Autofahrer ist es nicht einfach, seinem eigenen Vater zu sagen, das es an der Zeit sei, das Auto abzugeben. Immerhin hat er mir das Autofahren ermöglicht, das Auto Hunderte Male zur Verfügung gestellt, kleinere Übersiedlungen an die Uni durchgeführt und auch größere Wünsche erfüllt mit einer Tagesfahrt zu einem kleinen Flughafen in Luxemburg, von wo der billigste Studentenflug in die USA ging, via Reykjavik über New York nach Chicago. Und jetzt versuche ich es mit einem vorsichtigen:

– Papa, glaubst du nicht, dass es sicherer wäre, den Rover nicht mehr zu fahren?

– Ja, und wer fährt dann einkaufen?

– Das müssen wir dann organisieren, Konne und ich kommen ja jetzt schon jede Woche und Renee kann auch mal einkaufen statt bügeln.

– Wenn du meinst.

Wir meinen es immer öfter. Nach einem Sommerfest im Nachbardorf steigt mein Vater am Nachmittag ins wüstenheiße Auto, fährt die paar Kilometer nach Hause und fällt – zum Glück erst im Wohnzimmer – um: Schwindel, Kreislauf, die Hitze. Ich war nicht dabei, aber ich kann mir vorstellen, dass er vergessen hatte, das Auto zuerst etwas abkühlen zu lassen, die Fenster zu öffnen vor und während der Fahrt – oder das ging nicht wegen Mamas Frisur –, die Belüftung auf ganz kalt zu stellen und vor allem: nicht gleich nach dem Essen nach Hause zu fahren. Genau das wollte er aber immer öfter: bald wieder nach Hause fahren. Wir verstanden das lange nicht – wir hatten es ja nett, für uns hatte jeder Besuch, hin oder her, Unterhaltungswert, wir unterhielten uns doch, kommentierten Neues und frischten Altes wieder auf, vom Thema zum Rhema, tischten Kuchen und Kaffee auf, und beim Wein konnte es downright lustig werden, vor allem in größeren Runden, wenn die Sprüchemacher und Spottdrosseln der erweiterten Familie sich auf ein Thema eingeschossen hatten und jene Scheingefechte ausfochten, die anstelle wirklicher Auseinandersetzungen stattfanden. Der Schmäh rannte, auch wenn Feuer am Dach war und der Vater nach Hause wollte.

Dann kam die letzte Autofahrt. Meine Mutter war auf einer dreiwöchigen Kur im Bregenzer Wald – *Fahr ma no a klääle* – und wir versorgten den Vater abwechselnd, die Demenz war noch in einem Frühstadium, in dem sie nur ein Fachmann erkannt hätte, und ich schlug vor, ihn in seinem Auto nach Reuthe zu fahren. Er wollte aber partout selber fahren, und so blieb mir nichts anderes übrig, als ihn zu begleiten. Ohne Beifahrer, fürchte ich, wäre er nie in Reuthe angekommen. Ich war schon viele Jahre nicht mehr mit meinem Vater in seinem Auto gesessen und mir wurde sehr schnell klar, dass unsere Befürchtungen, die Fahruntauglichkeit meines Vaters könnte über das Vermeiden von Nacht und Nebel hinausgehen, nicht übertrieben waren und auch nicht als hysterisch bezeichnet werden konnten. Bis Dornbirn ging es wie gewohnt auf der Autobahn, wenn auch wesentlich langsamer, als man dort zuwege sein könnte. Mit der Umfahrung der Stadt war mein Vater aber bereits überfordert. Er konnte die Richtungsschilder und die Ortsnamen nicht mehr richtig zuordnen, zur Farbenblindheit kam jetzt erschwerend dazu, dass er sich an die Funktion der Ampel nicht mehr genau erinnern konnte, und die engen Kehren über der Stadt schnitt er ab, als wäre die Strecke für ein Oldtimer-Rennen gesperrt worden. Ich griff genauso ungern wie in sein Leben jetzt gezwungenermaßen in die Lenkung des Wagens ein, um uns mehrere Male auf die landesübliche Straßenseite zurückzubringen. Zum Glück sind im Bregenzerwald Ampeln so selten wie Polizisten und so kamen wir heil, aber auch erleichtert im Heilbad an. Ich erinnerte mich an verschiedene kleine Zeitungsnotizen – unsere Regionalzeitung ist nun einmal bezüglich Neuigkeiten auf Todes- und Fasttodesanzeigen angewiesen –, in denen etwa von einer 90-Jährigen berichtet wurde, die als Geisterfahrerin die Rheintalautobahn über mehrere Auffahrten hinweg in die falsche Richtung befahren habe, und, überzeugt von der Richtigkeit ihres Tuns, sich angeschickt habe, den einspurigen Pfändertunnel in Geisterrichtung zu queren. Nur der gut überwachten Baustelle an der zweiten Tunnelröhre war es zu verdanken, dass sie von ihrer eigenen Auffahrt gen Himmel abgehalten werden konnte. Auch auf der Polizeistation war sie noch lange und nachhaltig davon überzeugt, richtig gefahren zu sein, und wollte von einer Anzeige nichts wissen.

Solcherlei Geschichten im Kopf, schlug ich meinem Vater vor, die Heimfahrt mir zu überlassen, die Landschaft zu genießen und dafür die etwas kürzere Strecke zu nehmen, auf der wir schneller zu Hause wären. Erstaunlich schnell war er damit einverstanden, fast schien es, als sei er froh, nicht mehr fahren, schalten, schauen und entscheiden zu müssen, ganz wie ein Führerscheinneuling, der eine lange Strecke gefahren ist und jetzt froh ist, den Autoschlüssel wieder abgeben zu dürfen, weil er keine Routine hat. Mein Vater hatte sechzig Jahre Routine, aber sie zerbröselte mit seinem Gedächtnis.

Ein paar Wochen später – mein japanischer Bruder war auf Sommerfrische im Hotel Mama – ließ sich mein Vater überzeugen, dass es besser sei, auf öffentliche Verkehrsmittel umzusteigen und das Auto seinem vertrauten Mechaniker zurückzugeben. Wir machten ein Abschiedsfoto von Fahrer und Beifahrern vor dem Wagen, das mich sehr an den letzten Tag der Zugpferde unseres Großvaters, des Schnifner Tättas, erinnerte. Ich meine heute noch, eines der Tiere hätte Fritz geheißen – wie es früher ja üblich war, Tieren ironisch klingende große Namen zu geben (der Spitz der Großeltern hieß *Amor*) –, obwohl ich damals höchstens fünf war und keine Ahnung hatte, wohin die Pferde gebracht wurden. Sicher war es für den

Großvater ein sehr schmerzlicher Abschied *für* seinen kleinen Bauernhof und vor allem *von* einem Zeitalter. Jetzt zog der Traktor die Heufuder ins Tenn, wo ein faszinierendes Gebläse das ihm zugegabelte Heu wie eine magisch kanalisierende Windhose einsog und auf dem Heustock verteilte. Kaum etwas hat mich als Kind mit größerem Stolz erfüllt, als wenn ich nach dem Heuen im Ried oder im Märchenwald zerkratzt, von Bremsen und Rossfliegen zerstochen und sonnenverbrannt die verantwortungsvolle Aufgabe des Heuverteilens übertragen bekam, mit zwei brummigen Anweisungen, nicht zu viel auf einmal und ja nicht die Gabel ins Gebläse zu bringen.

Jetzt gingen 85 Pferdestärken zur Werkstatt, genauer gesagt in den Hinterhof der Werkstatt, die Nummerntafeln wurden abmontiert, die Versicherung gekündigt, ebenso der Autofahrerclub. Wir versuchten die Vorteile eines autofreien Lebens ins rechte Licht zu rücken: keine gefährlichen Situationen hinterm Steuer, keine Versicherungskosten und keine Steuern, Benzinkosten null, keine Reparaturen mehr – unterm Strich hatten die Eltern so mehr als genug für Bus, Bahn oder Taxi, damit konnten sie immer noch samstags zum Markt in die Stadt und sonntags ins Gasthaus, wenn sie denn wollten. Mein Vater aber wollte auf die Couch, weil er sich auswärts immer verlorener vorkam, und meine Mutter sparte das Geld lieber, warf uns dafür immer wieder vor, dem Vater und dadurch vor allem ihr das Auto viel zu früh weggenommen zu haben, und weigerte sich vehement, die Bedienungsanleitungen der Fahrkartenautomaten, die das Bahn- und Schalterpersonal wegrationalisiert hatten, etwas genauer anzusehen. So lag mein Vater vor Madagaskar und hatte die Pest an Bord.

Gesundheit ist für meine Eltern ein Geschenk Gottes, die drei Gs sind Dreifaltigkeit, Gesundheit wird als gegeben hingenommen, angenommen wie ein Geschenk eben. Krankheit dagegen ist eine Plage, mit der man sich ins dunkle Kämmerlein zurückzieht und einmal probiert, was man mit den bewährten Hausmittelchen dagegen unternehmen kann, oder ausharrt, bis das Ungemach wieder von alleine verschwindet. In unserem Umfeld ist diese Technik weit verbreitet, mit Krankheit muss man alleine fertig werden, man will niemandem zur Last fallen. Im hispanischen Raum hingegen, mit dem ich seit dreißig Jahren immer vertrauter werde, gibt es eine diesem Verkriechen diametral entgegengesetzte Alarmstruktur. Wird jemand krank, schiebt er sein Bett in die Mitte des Wohnzimmers, trommelt die Großfamilie zusammen, heute auch per Handy oder Skype, und beklagt lautstark seinen Schmerz, den er ausführlich beschreibt.

Nicht so hierzulande. Helfen die Hausmittel wenig oder gar nicht, vergeht der Schmerz – *la pire peine* – nicht von selber, wird der Hausarzt zurate gezogen. Jahrzehntelang hatten wir denselben Hausarzt, einen kernigen Tiroler, der auch größere Schnittwunden selber nähte (mit Kleinkram schickte man uns ins benachbarte Kloster, wo noch mit Schnaps desinfiziert wurde) und der neben der medizinischen Versorgung auch pädagogisch wertvolle Ratschläge erteilte. Als Bub kam ich einmal mit einem besonders stark blutenden und auf besonders dumme Weise provozierten, tiefen Schnitt unter dem rechten Auge in seine Ordination, und nachdem das Schlimmste vernäht war, meinte er trocken, eigentlich hätte mir zuerst eine saftige Ohrfeige gehört, weil ich beinahe mein rechtes Auge verloren hätte, nur um möglichst genau zu sehen, wie ein Schweizer Kracher eine Glasflasche zerreißt. Da die Ohrfeige keineswegs blutstillend gewirkt hätte, habe er davon abgesehen. *Let the krovy flow*, las ich viele Jahre später bei Anthony Burgess, fasziniert, aber nicht mehr so direkt betroffen wie damals. Dieser Hausarzt war entweder in Pension gegangen oder meine Eltern hatten sich mit ihm überworfen, jedenfalls war der neue Hausarzt aus der nächsten Generation, der Sohn eines Kommilitonen und Verbindungsbruders meines Vaters. Diese Verbindungen – auch des Sohns – zur Verbindung verbanden diese ritterlichen Kämpen mehr als irgendetwas sonst und schienen eine Art Freundschaftsersatz zu sein. Sie veranstalteten regelmäßig Ritterspiele und lebten ihre Freizeit lieber im Mittelalter aus, als in der Nachkriegszeit. Jux und Tollerei waren zentrale Pfeiler der Ritterabende. Die Mitgliedschaft in diesem Verband war möglicherweise das zentrale Kriterium für die Wahl des neuen Hausarztes. Auch mit dem Facharzt, der für das Herz meines Vaters zuständig ist, war er über eine Mitgliedschaft in einem Club verbunden, dem Club der Löwen, die sich bei gepflegtem Essen für soziale Zwecke stark machten.

Wenn nun eine Generation, die nicht gelernt hat, ihre Gesundheit zu hegen und hin und wieder etwas dafür zu tun, geschweige denn imstande ist, Krankheit zuzugeben und zu beschreiben (ich tu mir da auch schwer), auf Ärzte trifft, die den Konsumgedanken mittels mehrerer simultaner Konsultationsräume und der intensiven Blockrezeptur erfolgreich auf die Allgemeinmedizin übertragen, dann gute Nacht.

Erfolgreich heißt finanziell erfolgreich für den Mediziner. Die wenigen Male, die ich meine Eltern nicht nur als Chauffeur sondern bis ins Konsultationszimmer begleitet habe, waren für mich erstaunlich. Das Wartezimmer proppenvoll, die Helferin leicht gereizt, bei dem Trubel auch kein Wunder, vier Ordinationszimmer und geschätzte sieben Minuten für Gespräch, Untersuchung, Diagnose und Rezeptur, alles freundlich, ein rundes joviales Strahlen, liebe Grüße an den Gatten, ihm geht's gut, oder?

Konkret ging's um die Tatsache, dass meine Mutter äußerst schlecht zuwege ist, offensichtlich spielt ihr unübersehbares Übergewicht – heute schicker Bodymaßindex <25 genannt – eine wesentliche Rolle bei der Überbelastung von Gelenken, Säulen und Knochen. Hätte ihr Hausarzt, der alte, vor Jahren oder Jahrzehnten zu einer Umstellung der Diät, der Essgewohnheiten und zu Bewegung geraten, wahrscheinlich hätte meine Mutter einfach den Arzt gewechselt, um solche unliebsamen Diagnosen nicht hören zu müssen. Und der Arzt wollte sicher auch keinen Klienten verlieren, indem er ihm auf die Zehen stieg. Zugegeben – ein klassisches Dilemma. Der Dialog verläuft von Anfang an unter denkbar ungünstigen Voraussetzungen:

–Ja, servus Trude, was führt dich zu mir?

–Grüß dich, Reto, ich komme mit den Röntgenbildern. Die sind jetzt fertig.

–Das ist ja schon eine Weile her, schauen wir einmal.

Die Bilder sind vor gut sechs Monaten gemacht worden, das Entwickeln und Zustellen dauerte vielleicht eine Woche. Aus Angst vor einer unliebsamen Diagnose hat meine Mutter den Arztbesuch ein halbes

Jahr aufgeschoben. Der Hausarzt klemmt die Bilder vor die Leuchtflächen und der Verkniffenheit seines Blickes ist zu entnehmen, dass er sie entweder noch nie gesehen hat oder schon lange nicht mehr weiß, was da drauf sein sollte.

–Also die Arthrose hat sich nur ganz wenig verändert.

–Und … muss ich mich operieren lassen?

–Nein, nein, wieso denn?

–Ist es ein Bandscheibenvorfall?

–Nein, da würdest du aber anders daherkommen, sagt er und lacht.

–Ja, was soll ich nur machen? Ich kann kaum mehr laufen.

–Versuchen wir's mit einem anderen Medikament. Mit dem hast du weniger Beschwerden und kannst besser gehen. Hast du sonst noch etwas auf dem Herzen?

–Na ja, ich bin oft so müde.

–Am Morgen schon?

–Genau, um halb zehn muss ich mich oft schon hinlegen, dann schlafe ich manchmal bis Mittag.

–Da verschreib ich dir auch etwas, das macht dich munterer. Und den Magenschutz lassen wir natürlich, weil die zwei sind recht stark.

–Ich bin so froh, dass ich nicht ins Spital muss. Wer würde sich sonst um den Meinrad kümmern?

–Ja, wie geht's ihm denn? Immer der Alte?

–Ja, ja, er schläft halt so viel.

Bevor wir wieder gehen und alles bald wieder genauso wie vorher ist, wage ich einen Vorschlag, der vorsichtig in Richtung *leichter Leben* geht: Ob denn eine Ernährungsberatung für meine Eltern sinnvoll wäre? Der Hausarzt, selber kein Kostverächter und von vielen Stammtischen und Ritterabenden vom dort sogenannten *Met* gestärkt, lehnt ein solches Ansinnen entschieden ab. Aber wozu denn? Das sei nicht nötig. Schon auf dem Weg ins vierte Ordinationszimmer, verabschiedet er sich von uns, da fällt mir gerade noch ein, nach dem Stock zu fragen. Seit Monaten empfehlen wir unserer Mutter einen Gehstock, der ihr mehr Sicherheit beim Laufen gäbe, besseres Gleichgewicht, ein drittes Standbein sozusagen und überhaupt recht gäbig, wie man überm Rhein drüben sagt. Am Stock gehen, heißt für die Mutter alt zu sein, eine alte Frau, vielleicht sogar eine alte Hexe, denn die haben immer einen Stock. Der Hausarzt, schon fast im vierten Zimmer entschwunden, dreht sich nochmals um, überlegt kurz und sagt: Ja, das könnte vielleicht etwas bringen. – Meine Mutter, fast bedauernd: Ja, wo krieg ich denn so etwas? – In jeder Apotheke.

Was wir sehr schätzen am Hausarzt ist, dass er wie jeder gute Landarzt immer noch Hausbesuche macht und die Eltern regelmäßig zu Hause untersucht. Blutdruck messen, das Stethoskop, ein aufmunterndes Wort, der Zucker – wer macht das heute noch? Aber muss denn dieser Tabletten-Abakus jedes Mal wieder aufgestockt werden?

IN DEN KESSELN, DA FAULTE DAS WASSER

Was passiert mit dem Gedächtnis, wenn von einem Meer an Wissen, an Gesprochenem, Gehörtem, Gelesenem, Gelerntem, Gelehrtem, an Übersetztem, an Vokabeln in Fremdsprachen nur noch eine kleine Lagune mit einem Seemannslied, einer Strophe eines französischen Gedichts und eines Kinderliedes übrig bleibt? Wie ist es, wenn dich freundliche Leute auf dem Dorfplatz grüßen, dir die Hand schütteln, deinen Namen sagen und du nicht weißt, wer diese Leute sind, was du mit ihnen zu tun hattest und woher sie dich so gut kennen? Beginnt es bereits im Berufsleben, wenn dir nach drei Wochen Ferien der Name einer Schülerin nicht mehr einfällt, oder hattest du den Namen vielmehr verdrängt, weil sie dir einmal in drei Jahren unverschämt gekommen war? Wie ist es möglich, denke ich mir immer wieder. Der Mann hat zwei Fremdsprachen mit annähernd muttersprachlicher Fertigkeit gesprochen, erlernt in einer Zeit, als es keine Kassetten, CDs, Fernkurse, kein Internet oder keine iPods gab, mit denen man eine Fremdsprache auch noch unter der Dusche abhören konnte. Mein Vater konnte den Prolog zu den *Canterbury Geschichten* von Chaucer in erdigem Mittelenglisch seitenweise zitieren, er kommt aus einer Zeit, in der Lernen viel mit Auswendiglernen zu tun hatte und das Rezitieren bewundert wurde.

Whan that Aprille with his shoures soote
The droghte of Marche hath perced to the roote,
And bathes every veyne in swich licour,
Of which vertu engendred is the flour …

Jener Frühling des Memorierens ist lange schon verblüht, jetzt ist der Winter unseres Missvergnügens, zumindest was die Erinnerung betrifft.

Wohin verschwindet das Gedächtnis, wenn es dement wird? Liegt es vor Madagaskar? Gestrandet, hilflos vergessend, dahintreibend? Wenn die Synapsen japsen und im Dunkeln tapsen, Wörter nur noch in der Seilschaft eines Liedtextes kraxeln. Wenn die Hunderten und Tausenden Verbindungen, die in kürzester Zeit dem Menschen ein eigenständiges Leben ermöglichen, unterbrochen werden und keine zusammenhängenden Reaktionen mehr möglich machen wie telefonieren, Auto fahren oder sich mit neuen Medien auseinandersetzen, scheint es, dass das Alter die Kindheit wieder durchläuft, allerdings rückwärts. In der Umgebung von Kindern fühlt sich mein Vater sicher, bei anderen Erwachsenen scheint er nie so richtig zu wissen, was auf ihn zukommt oder wer sie eigentlich sind. Keiner von uns hat ihn jemals direkt gefragt, wer wer ist, am Telefon sagen wir seit Jahren unseren Namen, den er dann nur zu wiederholen braucht, und bei Fotos, die wir ihm zeigen, sagt er nie, schau, das ist doch die oder der. Diametral gegenüber steht ihm heute sein jüngster Enkel Simon, achtzig Jahre jünger und im Begriff, stetig im Begriff sein Gedächtnis Chip um Chip zu erweitern, einer neuen Festplatte ähnlich, auf der noch sehr viel Speicherplatz zur Verfügung steht. Sein Favorit unter den Spielen ist im Moment das Memory und er tritt mit seinen vier Jahren gegen die ganze Familie an, Geschwister, Eltern, Onkel und Tanten, Großeltern und Cousinen, und geht meist siegreich aus jeder Partie hervor.

Deshalb fordert die Populärmedizin auch auf, mit dementen Menschen Uno zu spielen, oder Menschärgeredichnicht oder eben Memory. Mein Vater legt hin und wieder ein Memory vor sich hin und erstaunlicherweise ärgert er sich selbst am wenigsten über den Verlust seines Gedächtnisses. Wir ärgern uns manchmal, weil wir nichts unternommen haben oder weil wir seinen Zustand lange nicht realisiert, geschweige denn thematisiert haben, weil er nicht an der Unterhaltung teilnimmt, weil er schlürft oder weil er fünfzehnmal am Tag Madagaskar vorträgt. Er selber macht den zufriedensten Eindruck, wenn man bedenkt, dass er seine Gedankenwelt großteils verloren hat.

Am schwierigsten ist es naturgemäß für meine Mutter, Vaters neuen Lebensabschnitt zu akzeptieren. Besonders schwer tut sie sich mit den schleichenden, unaufhaltsamen und unumkehrbaren Veränderungen. Obwohl sie am nächsten dran ist, am dransten sozusagen, oder gerade deswegen sieht sie und will aber nicht sehen, dass mein Vater sich nicht mehr selber anziehen kann, im Winter in den Socken auf die verschneite Terrasse geht, bei einem Geburtstagsfest das Gasthaus nach einer kleinen Runde nicht mehr findet und dadurch eine mittelgroße Suchaktion auslöst oder einer Hausiererin, ohne deren Anliegen zu verstehen, 200 Euro vom Haushaltsgeld mitgeben würde. Sie sieht es nicht, weil sie zu nahe dran ist, weil sie sich ihr Alter anders vorgestellt hat – mit einem Sprachspiel, wie sie mein Vater mag, würde er sagen, ihr Alter habe sich das auch anders vorgestellt –, weil sie nicht sehen will, was sie jetzt Tag für Tag erleben muss. In bewährter Floriani-Taktik klammert sie sich an Verwandte und Bekannte, die noch schlimmer dran sind, oder belächelt jene, die sich Mühe geben, den Lebensabend ihren Vorstellungen nach zu gestalten. Lieber kokettiert sie mit dem Jungbleiben, versucht einen coolen Spruch in die Runde zu werfen, trägt tiefe Ausschnitte für ihre dreiundachtzig Lenze und redet vom Altersheim nebenan, in dem zum Teil jüngere Semester gemeinsam essen, sich unterhalten, Spaziergänge machen oder zusammen singen, als wäre es eine Palliativstation für mysteriöse Fälle ohne Ablaufdatum. Vor Jahren schon, als sie auf Kur ging für ein paar Wochen, so diese von der Kasse unterschrieben wurde, gingen mein Bruder und mein Vater unter der Woche in ebendieses Altersheim mittagessen. Ein paar Schritte über die Straße, Hausmannskost, *khörig* und günstig – zwei fundamentale Begriffe im Rheintal ob dem Bodensee. Als die Mutter wieder die Haushaltsführung übernahm und sich prompt beklagte, dass es immer mühsamer werde, jeden Tag etwas zu kochen für jemanden, der immer weniger esse, schlugen wir vor, doch hin und wieder um ein paar Euro im Altersheim zu essen, noch dazu mit Unterhaltung und etwas Abwechslung. Entrüstet lehnte meine Mutter dies ab: Was sollen wir mit diesen alten Leuten dort anfangen?

– Ich habe mir mein Alter anders vorgestellt, seufzt meine Mutter.

– Ich fürchte, du hast dir dein Alter überhaupt nicht vorgestellt. Eher hast du alles auf dich zukommen lassen und nie wirklich akzeptierst, dass du alt wirst.

Kurioserweise klingt die Eigenschaft *alt* am negativsten. Die Steigerungsform *älter* kommt schon wesentlich besser daher: älter heißt vernünftiger, ruhiger, weiser, du bist der Ältere, der Ältere gibt nach. Eine ältere Dame, damit kann man leben, aber eine alte Frau will niemand sein, ein alter Mann auch nicht. Neben jemandem alt aussehen will sowieso keiner heute. Der Älteste wiederum mag vielleicht erst fünf Jahre auf der Welt sein, auf jeden Fall ist er in einer Sonderstellung, die meist positiv besetzt ist. Einige Monate nach dem Tod unserer Großmutter in den 1980er Jahren sagte der Mann ihrer ältesten Tochter zu ihr: Jetzt bist du die *Ahnfrau* der Großfamilie, mein liebes Idele, mit leicht spöttischem Unterton vielleicht, aber durchaus den Tatsachen entsprechend. Allein dieser Ausdruck konnte meine Mutter auf die Palme bringen, er klang nach Mittelalter und Staub und Vergangenheit. Meine Tante lachte über den etwas vergilbten Ausdruck, führte die Orgelspieltradition ihres Vaters in der Ortskirche fort und lernte nach dem Tod ihres Mannes, sich im und auf ihr Alter einzurichten, ohne ahnfraulich daherzukommen oder alt auszusehen. Männer machen sich ja leichter übers Altern lustig. Auch mein Vater, der ein grottenschlechter Witzerzähler war, weil er sich schon vor der Demenz Pointen und Reihenfolgen schlecht merkte, erzählte gerne und öfters den Witz vom österreichischen Charmgefälle. Trifft ein Wiener eine alte Bekannte, sagt er: Du hast dich ja überhaupt nicht verändert, es ist, als ob ich dich erst gestern grad gesehen hätte! Während es in Salzburg schon heißt: Du hast dich aber kaum verändert, wo wir uns doch schon so lange nicht mehr gesehen haben! Und dann der Vorarlberger: Wenn man dich so anschaut, dann sieht man erst, wie die Zeit vergeht. – Meine Mutter fand das nie so lustig, tat sie doch alles, um nicht zu bemerken, wie die Zeit verging.

– Also ich habe das Alter einfach auf mich zukommen lassen. Ja, und? Was passt dir denn daran nicht?

– Ich habe kein Problem damit, jeder hat seine eigene Vorstellung vom Altwerden, und Alles-aufsich-zukommen-Lassen ist eine sehr gemütliche und entspannte Art, mit dem Altern umzugehen, nur, wenn's dann halt mühsam wird, kann man nicht gut jammern.

–Ich jammere doch nicht.

–Nein, Mama, du jammerst nie. Ich weiß gar nicht, wie ich darauf komme.

–Ich stelle mir ja etwas vor, mit dem Auto irgendwo hinfahren, Ferien, wie schön hatten wir's in Korsika, aber das geht jetzt nicht mehr, er schläft ja dauernd und ich kann ihn keine fünf Minuten allein lassen.

–Na gut, vorstellen kannst du dir vieles, aber glaubst du nicht, dass man etwas tun muss, um es auch irgendwie hinzukriegen?

–Das sage ich ja immer, es gibt diese Spielrunde, den Stammtisch, offenes Singen, aber nichts interessiert ihn mehr …

–Papa versteht das doch alles längst nicht mehr, wenn er am Stammtisch sitzt, erkennt er wahrscheinlich die meisten Gesichter nicht, und selbst wenn, dann versteht er die Unterhaltung nicht.

–Ja, weil er sich weigert, ein Hörgerät zu tragen!

–Genau wie du.

–Ich höre ja noch ganz gut. Und ich will gar nicht mehr alles hören. Vor allem wenn ihr über mich redet. Ich mache ja eh alles falsch in letzter Zeit …

–Wer sagt das? Ich sage, du solltest nicht immer an Papa das ändern wollen, was nicht mehr wirklich zu ändern ist. Und *du* solltest dir ein paar Angebote suchen, um unter die Leute zu kommen, um aus dem Haus zu kommen, um mal etwas anderes zu hören als Madagaskar.

–Dafür habe ich keine Zeit, ich muss den Haushalt führen.

– Den Haushalt? Du sagst doch selber, den Haushalt mache ich locker am Vormittag, den Nachmittag hast du jetzt frei, vom Abend gar nicht zu reden. Den Einkauf machen wir, einmal die Woche kommt Renee, die Putzfrau bringt die Wohnung am Freitag auf Vordermann.

– Ja, die Ruhan, die bringt sogar den Meinrad von der Couch. Aber was soll ich in einer Singrunde?

– Es gibt Abendkurse, gleich um die Ecke, im Schlosserhaus, das sind hundert Schritte von hier. Seidenmalerei, Französisch, Gesprächsrunden, heute gibt es viele, die von Alzheimer oder Demenz oder einfach von den großen Veränderungen im Alter betroffen sind.

– Und wer bleibt beim Meinrad?

– Das lässt sich organisieren, am Wochenende ist Christoph da, unter der Woche können wir kommen. Insgesamt braucht ihr einfach mehr Betreuung in der nächsten Zeit.

– Ich brauche sicher nicht mehr Betreuung, mit Renee und Ruhan habe ich genug, mit Ruhan wird es mir schon fast zu viel, die macht was sie will und teuer kommt sie mir dazu noch.

– Mit einer professionellen Betreuung brauchst du beide nicht mehr, und natürlich kostet das etwas.

– Ohne Renee will ich nicht sein. Und ich will auch niemanden im Haus haben, in der Nacht schon gar nicht. Was soll ich mit so einem Trampel?

– Warum versuchst du's nicht wenigstens? Einkauf, Kochen, Anziehen, Spaziergang, Aufräumen, Bad, Wäschewaschen, alles wäre geschüsselt.

– Das brauche ich nicht, das will ich nicht, wir kommen doch so auch ganz gut durch, Meinrad und ich.

– Wenn du ein paar Tage allein warst, klingt das aber ganz anders!

– Ich jammere ja nicht.

– Nein? Aber du sagst: *Ich schaff's nicht mehr, ich bin so müde, ich finde dies nicht und jenes nicht, Meinrad tut was er will.* Ich sehe das anders: Er tut nicht was er will, er tut was er kann oder vielmehr was er *noch* kann und was ihn nicht überfordert. Dabei hast du Glück, er ist friedlich, freundlich und spielt ein paar Minuten lang Klavier oder Akkordeon, geht in die Küche und sucht ein Stück Schokolade und ist mit fast jedem Vorschlag einverstanden. Wie ein zufriedenes Kind.

– Er ist aber kein Kind. Manchmal glaube ich, er macht das alles zum Trotz. Die Schuhe auf der weißen Couch, Schokolade essen und dann das Mittagessen stehen lassen …

– Glaubst du wirklich, dass ein alter Mann, der seine Schuhe nicht mehr selber binden kann, der den Unterschied zwischen Hausschuhen und Straßenschuhen nicht mehr sieht, der sich freudig bedankt, wenn ich ihm die Straßenschuhe binde, etwas absichtlich macht?

– Ja aber warum macht er es denn?

– Weil es bequem ist, weil es das Einfachste ist und weil er sich nicht mehr merken kann, dass dich das mächtig stört, mit den Schuhen auf der Couch. Vergessen macht ihn glücklich, es hat ja auch eine Schokoladenseite, das Demente. Wir sind froh, dass er nicht übel gelaunt herumläuft, schreit, um sich schlägt und allen Leuten mit Misstrauen begegnet.

Vielleicht ist sein Zustand eine Art mnemonisches Nirvana, ein wunsch-, freud-, leid- und gefühlloser Zustand, nicht mehr gewinnorientiert und einfach auf dem Fluss Nyx dahintreibend. Keine Verbesserungen mehr, keine Beschäftigungen mehr brauchend, keine Sinnsuche, bestenfalls auf der Suche nach einem Stückchen Schokolade, nach einem vertrauten Gesicht, dem er Madagaskar und die Heimat, nach der sich jeder sehnt, ein Stück näher bringen könnte.

– In den Kesseln, da kochte das Wasser …

– Faulte! Faulte das Wasser, wie oft muss ich dir das noch sagen?

Ich weiß nicht, was meine Mutter zum Kochen bringt an dieser Textstelle. Natürlich faulte das Wasser, im Kontext der Pest ist das nur logisch und in der nächsten Strophe – ohne der Geschichte vorgreifen zu wollen – ist's dann auch der Schiffskoch, der als Erster aus dem faulen Nass säuft. Andererseits kocht Wasser viel öfter in den Kesseln als dass es fault, vor allem heute. Wozu auf der Korrektur bestehen? Weil mein Vater jetzt faul auf der Couch liegt? Kocht meine Mutter deswegen?

Akzeptiere ich die Demenz, kann ich auch manchmal vor Wut kochen, weil so vieles verschwunden ist, weil so viel Erfahrung und Wissen und Genussfähigkeit für immer untergegangen sind, wie ein Atlantis des Geistes, wie der Geist von Atlantis. Dann fällt es aber auch leichter, bei Madagaskar mitzusingen und nicht den Sack zu schlagen, wenn man den Esel meint.

Und täglich singt mein Vater diese Metapher des Sterbens. Auch am Mexiko River ziert er sich nicht, *Wenn ich einmal muss reiten ins Jenseits* zu singen, wofür er allerdings die Textvorlage braucht. Liest er den ganzen Text mit oder ist es eine Kombination aus Wörter-Erkennen, Der-Spur-Nachsingen und Sich-doch-an-einzelne-Fetzen-Erinnern? Die Zeitung zum Beispiel liest er schon lange nicht mehr, häuft aber Zeitungen um sich an, zwei sind abonniert und helfen, den bundesweiten Spitzenwert des Altpapier-Recyclings unserer Region zu halten, dazu kommen regelmäßig Gemeindeblatt, Kirchenblatt, Kulturzeitschrift und die bunte Werbeflut. Und damit nicht genug: Solange mein Vater noch alleine zur Tankstelle fand und wieder zurück, brachte er regelmäßig die geistigen Kleinformate aus den Zeitungsständern mit und fütterte deren Büchsen mit allen möglichen Münzen oder auch nicht. Auch hier wieder die rückläufige Kindheit, das Kind findet zuerst alleine in den Kindergarten, später in die Schulen und dann in fremde Städte und natürlich immer wieder nach Hause. Der demente Mensch findet zuerst das Auto nicht mehr in den Straßen, dann die Tankstelle im Dorf nicht mehr und irgendwann das WC in der Wohnung nicht mehr. Am Ende stehen dann wieder die Windel und die Sprachlosigkeit.

Jetzt blättert er durch die Zeitungen, sieht die Bilder an und legt sie nach kurzer Zeit zurück. Erst ein paar Jahre scheint es her zu sein, als er das verzwickte, anglophile und oft sprachspielerisch witzige Kreuzworträtsel einer Tageszeitung, deren Ansprüche über christliche Farbmotive hinausgehen, flink löste und meinem Bruder und mir – wer's bis Sonntagabend nicht gelöst hatte, rief gerne zu Hause an, um sich nach einem Palindrom zu erkundigen, das auch noch drei weitere Kriterien erfüllen sollte – öfter das richtige Ergebnis sagen konnte als umgekehrt. Nur bei Internet- und Computerfragen wusste er naturgemäß weniger. Auch die Geschichte mit dem PC hätte mich stutziger machen sollen, als es der Fall war. Mein Vater wollte einige Erinnerungen an seine Jugendzeit aufschreiben und an der Schreibmaschine war es ihm zu mühsam. Ich hatte einen gebrauchten Mac im Keller stehen, den auch die Kinder nicht mehr zum Spielen benutzten, da er ihnen zu langsam war und die Spiele zu simpel. Zum Schreiben war er immer noch bestens geeignet und leicht zu bedienen. Ich schleppte das Ding ins Vaterhaus und wir setzten uns in ein Zimmer, das nur sommers als Gästezimmer dient und sonst leer steht. Ich zeigte ihm, wie man startet und ein Schreibprogramm, er versuchte ein Dokument zu öffnen und etwas zu schreiben und zu speichern. Es gelang ihm nicht auf Anhieb und nach einer knappen halben Stunde sagte er, er habe jetzt genug gesehen, wir könnten ja ein anderes Mal weitermachen. Wie oft im Leben gab es kein anderes Mal, ich bestand nicht darauf, er sagte nichts mehr davon und zwei Seiten, die er später noch händisch für einen Familienanlass zusammenschrieb, sind das Einzige, was er je über sein Leben aufgezeichnet hat. Hätte ich nicht so schnell aufgegeben, vielleicht wäre ihm die Freude am Formulieren, am Schreiben und vor allem an der Erinnerung geblieben? So ist jetzt auch seine Jugendzeit verschüttet, obwohl sich das Langzeitgedächtnis als Letztes verabschiedet. Ein Jammer, denn genau in seine Jugendzeit fällt das Schlüsselereignis im Leben meines Vaters, ohne das sein ganzes Leben nicht richtig verstanden werden kann und das jetzt für uns verloren gegangen ist. In jene Zeit nämlich, als viele und vieles über Bord gingen. Die Zeit, als er mit fünfzehn Jahren – *fifteen summers gone now* – in den verheerenden Krieg der braunen Khmer eingezogen wurde, ein Junge, der sein erstes Bier noch nicht getrunken hatte, noch kein Mädchen geküsst hatte, einfache Radios bastelte, von der aufkommenden Elektrifizierung elektrisiert war und am liebsten mit einer elektrischen Spielzeugeisenbahn spielte, die er jetzt von einem Tag auf den anderen gegen Flugzeugabwehrkanonen, Maschinengewehre und Handgranaten tauschen musste.

Wer schreibt jetzt über die Jugend meines Vaters? Wer weiß noch, was ihn beschäftigte und wie der Abschied von seinen Geschwistern, der Jüngste sechs, die Älteste achtzehn, und von seinen Eltern war? Einige Zahlen können wir rekonstruieren, ein paar Namen auch. Ich frage meinen Onkel, er hat die Geschichte seines Dorfes geschrieben und sich viel damit beschäftigt, wie man Vergangenes aufzeichnet. Ich rufe ihn an und frage nach Geschichten und Geschichte seines ältesten Bruders. *Todo sobre mi padre.* Wir wissen ja fast nichts über unsere Eltern, und meinen Vater kann ich nicht mehr fragen. Ich weiß, welche Autos er gefahren hat, Modelle, Farben, ja sogar die erste Nummertafel fällt mir fast fünfzig Jahre später noch ein, die 43.343, die wir nach der Schule am Leonhardsplatz an der Ill suchten, und wenn er nach geraumer Zeit nicht auftauchte, machten wir uns auf, über den Illsteg in das Morgenstern-Gymnasium, wo wir ihn im Speisesaal mit Kollegen und Präfekten im Dialekt unseres Dorfes begrüßten und höflich fragten, wann wir denn nach Hause fahren würden. Ich erinnere mich an die Volvos aus über vierzig Jahren und an den letzten, den schwarzen Rover, den meine Mutter als Leichenwagen bezeichnete, weil Schwarz für sie keine Autofarbe war und der Wechsel nach fünf Volvos auf einen Rover ein Treuebruch. Was ich nicht weiß ist, warum uns unser Vater nie umarmte, uns nie sagte, wie es ihm ging, warum er uns nie fragte, ob wir eine Freundin hätten oder einen Freund, oder warum er lieber Eisenbahn spielte nach dem Essen, anstatt mit uns – als Studenten noch – eine zu rauchen und über Gott und die Welt oder den Teufel und das Geld zu reden. Ich weiß da vieles nicht.

Mein Onkel, der Robert, konnte mir gut weiterhelfen. Er war der Herodot seines Dorfes, wenn auch sein geschichtliches Bewusstsein in jenen Jahren noch das eines elfjährigen Buben gewesen war, mit dem sich niemand über diese schwierigen Themen unterhielt. Er erinnerte sich daran, wie sein fünf Jahre älterer Bruder noch mit fünfzehn, ein paar Wochen vor seinem sechzehnten Geburtstag im September eingezogen wurde. Die ganze Schulklasse, der ganze Jahrgang wurde einkassiert zum Schulanfang, man stelle sich das mal vor heute, die sechste Klasse Gym geht statt zur Schulbuchaktion oder auf den herbstlichen Wandertag an die FLAK-Geschütze sagen wir nach Afghanistan, ohne Ausbildung, mit einem Crash-Kurs im Auf- und Abbau des schweren Geräts und im Nachladen und Schwenken der Haubitze. Zuerst musste er ins Tirol, nach Rum als Flak-Helfer, hatte starkes Heimweh und immer ein Foto seines Dorfes dabei, das er vom Bahnhof unten im Tal aus gemacht hatte, und in seinem Heimweh verfluchte er den obersten braunen Khmer, den er später gerne als den unseligen Schicklgruber bezeichnete, lautstark. Ein Vorgesetzter, der ihn hörte, machte zum Glück keine Meldung, wer weiß, wie diese Zersetzung der Wehrkraft geahndet worden wäre. Ich stelle mir vor: statt des Freifahrtscheins, den wir am ersten Schultag im Gymnasium bekamen, eine Freifahrt an die Luftabwehr, viele Wochen lang, open end. Wie diese Einberufung genau war, wie die Familie reagierte, daran kann sich mein Onkel nicht erinnern. Diese *Dinge* wurden damals mit Kindern nicht besprochen, es war ja auch nicht ganz ungefährlich, seine wirkliche Meinung an arglose Kinder weiterzugeben, denn in jedem Dorf gab es Spitzel und Emporkömmlinge, die nur darauf warteten, anderen eins hinzubrennen. Mein Großvater hörte regelmäßig und geheim Radio Beromünster, wodurch er als Dorfschullehrer besonders viel riskierte. Da er der einzige Lehrer im Dorf war, musste jeder durch seine eher strenge Schule. Eines Tages belauschte ihn ein Schüler, der Gründe sah, ihm eins auszuwischen, genau unter dem offenen Fenster zum Garten. Mein Vater sah ihn zufällig, als er sich gerade schleichen wollte, sprang aus dem Fenster in den Garten und verfolgte den hoffnungsvollen Rächer bis zum Schulhaus, wo er ihm die Leviten las und ihn immerhin dazu brachte, seine Rachepläne aufzugeben.

Meine Onkel erzählen auch vom ersten Heimaturlaub ihres ältesten Bruders: Er erzählte wenig von seinen Erlebnissen und stellte mit seinen sechzehn Jahren die elektrische Eisenbahn auf, kaum dass er alle begrüßt und gesehen hatte. Dass er Lokomotivführer werden wollte, war damals ein weit verbreiteter Bubentraum, aber von den FLAK-Geschützen schnustracks an den 12-Volt-Trafo zu wechseln, das war doch etwas seltsam. Oder doch nicht?

Die Fliegerabwehr war nur ein Aufwärmen für das, was die braunen Talibans für ihre Jugend und Kinder noch auf Lager hatten: den Partisanenkrieg im Osten. Mein Vater lernte so Kroatien kennen und hatte alles in allem Glück. Das Glück, gefangen genommen zu werden, das Glück, die nächtliche Flucht aus der Marschkolonne ins Unbekannte zu überleben, das Glück, den Engländern in die Hände zu fallen, und das Glück, nicht zu verhungern oder zu erfrieren. Das Glück des unschuldigen Parzival, der in seinem Kalbsfell durch die Welt der roten Ritter stiefelt und keinem ein Leid antun möchte. Auf der Flucht durch das *feindliche* Gebiet – er hatte persönlich überhaupt nichts gegen die Kroaten – mussten sie auf einem Bauernhof ein Huhn stehlen, es möglichst geräuschlos um die Ecke bringen und ohne Zubereitung essen. Ein Feuer zu machen wäre viel zu gefährlich gewesen. Klingt auch gepimpt nicht so toll: Bloody Croatian Chicken Sushi.

Zu dritt oder zu viert gelang das riskante Fluchtmanöver – Ausbrecher aus Marschkolonnen wurden erschossen, von hinten – mit einem Grafiker Hofer aus Götzis, glaubt mein Onkel, und dem Sebi Matt, von dem uns unser Vater vielleicht zwei oder drei Mal erzählt hat. Sosehr uns das Kriegsthema interessiert hat als Buben und wir noch selber tapfere Krieger sein wollten, Apachen oder Sioux, je nach Lektüre, von unserem Vater erfuhren wir nicht viel. Das Gute daran ist für uns, dass wir den Schock, den man als Kind in Österreich und Deutschland erlebt, wenn man den Holocaust und seine ganze Tragweite für die Generation unserer Eltern und Großeltern entdeckt, eher spät und abgefedert erfuhren. Das Schlechte daran war für meinen Vater, dass er diese Erlebnisse nie wirklich losgeworden ist und sich wahrscheinlich niemandem je anvertraut hat, um die seelischen Traumata zu verarbeiten. Der Neubeginn, die Aufbruchsstimmung, das Wirtschaftswunder, die Familie mit den Kinderlein und die österreichische Opferlüge haben sicher dazu beitragen, dass er einfach nichts über seine Erlebnisse sagen wollte. Man kann das Vergangene zwar nicht bewältigen, aber man kann vielleicht lernen, mit der Erinnerung umzugehen, und nicht zulassen, dass einen die Vergangenheit überwältigt. Auch dabei spielt das Gedächtnis eine Rolle: Je besser ich mich an etwas erinnere, umso besser kann ich darüber erzählen, wenn ich das will.

Im Lavanttal, schon auf ehemals heimatlichem Boden, betteln sie bei einem Bauern um Brot, der ihnen auch welches gab und dazu bemerkte: Bub, du gefällst mir gar nicht. Trotzdem wollten sie weiter, ausgehungert, übermüdet, krank vor Heimweh und dem Erlebten. Englische Besatzungssoldaten riefen ihnen von Weitem zu, sie sollten sich ergeben und zu ihnen kommen. Mein Vater rief in seinem Schulenglisch zurück: We are going home, we're so close to home! – *Weil ein jeder nach seiner Heimat sich sehnt, die er gerne einmal wiedersehen will.* – Darauf die Briten: Still, you must come down! Slowly, hands up! – Durch seine Englischkenntnisse wurde mein Vater als Dolmetscher eingesetzt und musste einerseits auf Grund der Umstände viele entsetzliche Details der Gräueltaten, die in den letzten Monaten auf der Seite sowohl der Volksstürmer als auch der Partisanen verübt worden waren, übersetzen, und andererseits nannten ihn die Engländer *Baby*. Er schloss Freundschaft mit einem der Vorgesetzten, dem Major Hill von den Lancaster Fusiliers, und als seine Demenz so richtig sichtbar wurde, zeigte er uns jeden Tag die Ehrenplakette, die er fünfzig Jahre nach dem Krieg bei einem Besuch des Majors von der nordenglischen Schützenkompanie bekommen hatte. Ja, Papa, wir kennen diese Plakette. Wen wir nicht kennen bist du, vor allem aus jener Zeit damals, von der du gehofft hast, dass sie mit all ihren Erinnerungen von alleine wieder weggeht und aus deinem Leben verschwindet. Aber selbst jetzt, wo deine Krankheit fast alles gelöscht hat von der Schultafel des gesammelten Wissens, kreisen deine letzten Erinnerungen um ein Soldatenlied, um das Schifferklavier, die Kameraden und die Heimat. Demens in corpore sano.

Wie dement war es, 14-jährige Kinder mit Panzerfäusten auszustatten, 80-Jährige in die Rüstungsfabriken zu schicken und Mädchenklassen in Großstädte zu verfrachten, die von den Alliierten zerbombt wurden? Wessen Gehirne waren da ausgeschaltet gewesen, wessen Geist war da zerrüttet, war zerbröselt, welcher politische und moralische Alzheimer hatte da zugeschlagen?

Zu Hause wusste seine Familie monatelang nichts von seinem Schicksal. Ein Lehrer im selben Gefangenenlager wurde zu Hilfsarbeiten bei einem Kärntner Bauern eingeteilt. Bevor er abfuhr, sagte er zu den anderen: Ich bleib da sicher nicht lange, sobald ich kann, hau ich ab, über die Berge nach Hause, ich halt's vor Heimweh nicht mehr aus. – *Weil ein jeder nach seiner Heimat sich sehnt.* – Mein Vater gab ihm einen Brief für seine Angehörigen mit, und eines Tages erhielt mein Großvater, auf dem Bänkle vor seinem Haus sitzend, einen Brief vom Tostner

Lehrer Schöch, der die Familie enorm erleichterte. Freudentänze kann ich mir bei unserem Großvater keine vorstellen, aber seine Reaktion war dennoch ungewöhnlich, er fuhr sobald er konnte über die Besatzungszonen hinweg nach Eisentratten, um seinen Ältesten zu besuchen, erkannte ihn sofort an einem Loch von einer Zigarette in der Pelerine und war erstaunt, dass sein Sohn englische Lieder auf dem Akkordeon spielen konnte. *–Ja, wenn das Schifferklavier an Bord ertönt, ja, dann sind die Matrosen so still, ja so still, weil ein jeder nach seiner Heimat sich sehnt, die er gerne einmal wiedersehen will.* – Zu Hause sagte der Großvater, dass es dem Meinrad bei den Engländern besser ginge, als er es daheim haben könnte, und die Erleichterung war riesig.

Seine ein Jahr jüngere Schwester sieht die Ereignisse um 1945 wieder aus einer anderen, weiblicheren Perspektive. Sie meint, dass es ein Fetz Paul aus dem Nachbardorf gewesen sei, der zuerst die freudige Nachricht vom Überleben ihres Bruders überbracht habe. Und sie erinnert sich, dass ihr Bruder bei einem Heimaturlaub auf dem Weg vom Schlinser Bahnhof nach Schnifis von einer Horde von Wildschweinen überrascht wurde, also vom Regen in die Traufe kam. Er flüchtete in einen Hag und probte möglicherweise so schon für die spätere große Flucht vor den Wildschweinen der braunen und der roten Khmer, die sich um einen Ball stritten. Während dieser Zeit durfte sie ihn einmal besuchen in Fulpmes, im Stubaital, wo ein anderer Verwandter im Sanatorium lag. Was mich heute erstaunt: Ich hatte während meiner Studienzeit einen guten Freund in Fulpmes, den ich mehrere Male besuchte und von dem ich öfters zu Hause erzählte, weil er älter war als wir Frischmänner und uns in

Sachen Lebenserfahrung Vorbild oder Abschreckung war. Kein einziges Mal erwähnte mein Vater, dass er Fulpmes kenne, im Krieg dort gewesen sei oder einen Onkel im Sanatorium dort besucht habe. Sein Onkel lag wahrscheinlich in einem Lazarett, das für die vielen Verwundeten eingerichtet worden war. Kein Wort davon.

Bedenkt man die Unschuld, in der die Jugend am Land damals aufwuchs, kann man sich noch weniger vorstellen, mit welcher Wucht die Kriegsereignisse auf einen Halbwüchsigen hereingebrochen sein mussten. Mit sechzehn hatte mein Vater wie gesagt noch kein Bier getrunken, von Mädchen wusste er wahrscheinlich nur, weil er zwei Schwestern hatte. Nach dem Krieg, erzählt meine Tante, hängte sich einmal ein Mädchen aus der Nachbarschaft namens Tatjana, welches es aus Riga in Lettland hierher verschlagen hatte, auf dem Schulweg nach Schlins bei meinem Vater ein. Meine Tante *meldete* dies zu Hause *pflichtgemäß*, wie sie selbst schreibt. Was würde sich mein Vater denken, wenn er von 12-jährigen Komasäufern läse, die vom zuständigen Krankenhaus pflichtgemäß gemeldet werden, oder von einem Mädchen aus der Nachbarschaft, das mit einer Bratpfanne erschlagen wurde, weil ihr Freund sich von ihr ausklinken wollte? Was würde er vom Internet halten, wenn er regelmäßig Viagra, Laseroperationen, Quickies und Penisverlängerungen angeboten bekäme? So gesehen ist es vielleicht ein Segen, nur mehr die Bildchen des Kleinformats sehen zu können, die Farbenpracht der Lokalzeitung nach ein paar Minuten wieder weglegen zu können und die Radio- oder Fernsehnachrichten nicht mehr zu verstehen. Ein Segen ohne Sich-Regen.

Als er die Nachkriegsmatura bestanden hatte, streifte er mit seinen Kollegen durch das Studierstädtle hinter dem Dom und traf in einem Park auf seine Schwester, die dort mit einer Kollegin auf einer Bank saß. Was, du hast eine Schwester?, fragten seine Mitschüler erstaunt – immerhin war er acht Jahre lang – mit Unterbrechungen – mit ihnen ins Gymnasium gegangen.

Von Mädchen muss mein Vater eine recht romantische Vorstellung gehabt haben. Als er unsere Mutter schon länger kannte – wie sie sich kennenlernten ist ein besser gehütetes Geheimnis als das Original Coca-Cola-Rezept –, so erzählt meine Tante, fuhr er eines Tages durch das ganze Walsertal auf die Alpe Hutla, mit dem Fahrrad, um dort von einer Felswand Edelweiß zu pflücken und sie am Abend, wieder gute dreißig Kilometer in die andere Richtung, seiner verehrten Trude zu bringen. Die war allerdings mit einem anderen ausgegangen, just an diesem Abend, worauf mein Vater am Boden zerstört war. Seine Mutter musste ihn trösten und erst als sich herausstellte, dass der andere ein Arbeitskollege gewesen war, wurde die Stubete, wie das damals hieß, fortgesetzt.

Am liebsten erzählte uns unser Vater von technischen Dingen: dass er für die Amerikaner Filme vorgeführt hatte, die ersten Farbfilme sollten den entlausten und entnazifizierten Menschen, die das zwölfjährige Reich überlebt hatten, die schönen Landschaften und Vorzüge der amerikanischen Demokratie vorführen – Make the world safe for democracy. Und so zeigte er landauf, landab Filme über den Yellowstone Park und imitierte das Heulen der Wölfe oder das Zischen der Geysire, wenn der Ton ausfiel oder es sich um einen Stummfilm handelte.

Dass er Film und Tonband und das Akkordeon später in seinem Unterricht eingesetzt hat, ist auch bei seinen Schülern gut angekommen. So erzählt die Tante schließlich noch vermittelt über eine Nichte, die einige seiner Schüler aus dem Morgenstern-Gymnasium kennengelernt hatte, dass diese ihn für den *freisten* Lehrer an ihrer Schule hielten, wobei frei in unserem Dialekt eben umgänglich, friedfertig, milde und wohlwollend bedeutet.

AHOI, AHOI, KAMERADEN, AHOI, AHOI

Ja, wenn das Schifferklavier an Bord ertönt, ja, dann sind die Matrosen so still, ja so still, weil ein jeder nach seiner Heimat sich sehnt, die er gerne einmal wiedersehen will. Immer öfter und immer früher will mein Vater jetzt nach Hause. Ist er zum Essen eingeladen mit meiner Mutter, kommen sie mit dem Zug, wir holen sie am Bahnhof ab, nach dem Essen blättert er in einer Zeitschrift, legt sich bestenfalls ein Weilchen aufs Ohr und bevor wir zum Kaffee kommen, will er nach Hause. Gerne will er seine Heimat wiedersehen. *How does it feel, to be on your own, with no direction home?* Woran denkt er, wenn er dann wieder zu Hause am Fenster steht und zum gegenüberliegenden Altersheim schaut? Sieht er den alten Klostergarten, der dem modernen Altersheim geopfert wurde? Sieht er die drei mächtigen Tannen, die den Klostergarten von der Klosterwiese trennten, über die Kieswege zum Waschhaus, zum eigentlichen Kloster und zu dem kleinen Ställchen am unteren Ende der Anlage führten? Sieht er die Zwiebel der Peterskirche, die man früher von ebendiesem Fenster sehen konnte, und dahinter die Schweizer Berge, früher, als das Auto im Hof stand und das Schifferklavier ausgelassene Abende begleitete?

Ahoi, Ahoi, ruft mein Vater ganz laut den slowakischen Pflegerinnen zu, in deren Heimat *ahoi* als Gruß verwendet wird, so wie unser *servus*. Und auch die Pflegerinnen sehen alle zwei bis drei Wochen ihre Heimat gerne wieder, weil sie dort alles verstehen können und bei ihren Familien sind. Vielleicht verstehen sie sich deshalb mit unserem Vater so gut, weil sie auch nicht alles verstehen, was hier geredet wird, weil sie die Mundart nicht verstehen und weil sie aus einer Welt kommen, die mit ganz anderen Problemen konfrontiert ist als Pflegegeld, Hörgeräte oder mobile Hilfsdienste. Und manchmal trägt ihnen mein Vater nur den Refrain mit der Ernsthaftigkeit und der Betonung eines Kindes vor, welches das in der Schule einstudierte Muttertagsgedicht aufsagt, und dann ist er wieder still, ja so still, dass uns schmerzlich klar wird, auch die dritte Strophe ist schon vom Zerfall des Gedächtnisses bedroht und kommt nur noch mit Einsagen von Schlüsselwörtern zum Vorschein. Nach welcher Heimat sehnt sich mein Vater? Ist es die Heimat, die er als Sechzehnjähriger furchtbar vermisste, als er von Schulsachen und Spielzeug weggerissen und in den Jugoslawienfeldzug geschickt wurde? Ist es die Heimat seines Bergdorfes, in dem heute noch jeder jeden kennt, in dem die Welt noch in Ordnung scheint und in dem die meisten seiner Geschwister leben? Oder ist es die Heimat, die sich jeder im Kopf einrichten kann, die dort sein kann, wo man gerne ist, wo du bist, wo man gerne isst und die nicht um jeden Preis *heim.at* heißen muss?

Welche Heimat will ein Gedächtnisloser wiedersehen? Gedächtnis muss etwas mit Dach zu tun haben, ist ein Gedächtnisloser doch wie ein Obdachloser, dem das Dach fehlt, das alles zusammenhält im Oberstübchen, unter dem man gut verweilen kann, solange sich alles zusammenfügen lässt, unter Dach und Fach bringen lässt. Und mit Gedenken muss es zu tun haben. Begierig, kundig, eingedenk, teilhaftig, mächtig, voll – man stets zum Zweiten setzen soll. Vierzig Jahre ist das her, Lateinmerkspruch. Gereimtes und Reime mit Musik bleiben am längsten haften, wie es scheint. Das Dach des Denkens, wo kommt es hin, wenn es abgebaut wird, Ziegel um Ziegel, Schindel um Schindel, jede Stunde ein paar Dutzend oder ein paar hundert Verbindungen?

Meist bringt Wiedersehen und damit verbunden Wiedererkennen Freude: *the joy of recognition*, ein starker Motivator für viele Menschen. Wenn du nichts mehr wiedererkennst, die wenigen Erinnerungen verwechselst und keinen Sinn mehr in den Zeichen siehst, wird das Leben dann freundlos und frustrierend? Manchmal scheint es so. Die Mutter reagiert manchmal so, als ob der Vater alles ihr zum Trotz tun würde. Und dann plötzlich erweckt er für kurze Zeit den Eindruck, das Ganze sei ein Spiel, um den kleinen und großen Problemen des Alltags zu entkommen. Nachdem meine Schwester die 24-Stunden-Betreuung beantragt hat und ich unserer Mutter diese Tatsache schonend beigebracht habe, wird uns das Kommen des Amtsarztes oder des Vertrauensarztes angekündigt. Zuerst kommen die Pflegerinnen aus der Slowakei, zwei freundliche, fröhliche und bescheidene junge Frauen. Mit ihnen kommt wieder ein bisschen Leben und Schwung in den Alltag. Papa ist von Damen umgeben, eine Schwester des Krankenpflegevereins bringt die Medikamente in ihre wöchentliche Aufstellung, eine weitere ambulante Pflegerin kommt zum Duschen, Rasieren, Nägelschneiden. Und die 24-Stunden-Betreuerinnen machen alles Übrige und sind vor allem anwesend, wenn etwas aus dem Ruder läuft. Der Amtsarzt ist nun doch nicht notwendig, versteht meine Mutter am Telefon. Das Attest des Facharztes für Geriatrie sollte genügen, sollte man meinen. Dann kommt der Amtsarzt aber doch. Die slowakische Pflegerin erzählt leicht verärgert, dass er lauter blöde Fragen gestellt habe, wie die *Höhe* von Papa sei und wie viel Gewicht er habe. Das sei doch für seinen Zustand egal, und sie könne das sowieso nicht wissen. Meine Mutter erklärt dem Amtsarzt gleich, dass es verlorene Zeit sei, ihren Mann nach den Geburtstagen seiner Kinder oder seiner Frau zu fragen, die habe er früher auch nicht gewusst. Bald ist dem Amtsarzt klar, dass mein Vater auch sein eigenes Geburtsdatum nicht mehr weiß, weder Tag, noch Monat, noch Jahr. Er stellt noch ein paar Fragen und am Ende der Untersuchung singen beide aus voller Kehle *Wir lagen vor Madagaskar*, vor allem den Refrain. Wer von den älteren Generationen das Lied nicht vom Militärdienst oder der Kriegszeit kennt, der kennt es von den Pfadfindern, der Jungschar, der Feuerwehr, dem Alpenverein oder von Freddy Quinn oder von Heino. Irgendwann lag jeder einmal vor Madagaskar, auch wenn er noch so viel Beatles, Stones, Dylan, Cream, Deep Purple oder Led Zeppelin horchte.

Das Gedächtnis beschäftigt mich immer häufiger. Wir sind im Sommer in Spanien unterwegs, meiner zweiten Heimat. Zuerst in Menorca, wo ich glaubte, jeden Stein und jeden Strand und jedes Monument wiederzuerkennen. Es hat etwas Erfreuliches, wenn einem nach zehn Jahren wieder einfällt, dass es in irgendeinem Gässchen eines kleinen Dörfleins ein Café gibt, wo man ungeniert mit dem Gebäck aus der gegenüberliegenden Bäckerei den *cortado* genießen kann, wie damals mit Freunden, ohne dass dies in geringster Weise beanstandet wird. Ein fotografisches Gedächtnis sollte man haben, der Wunschtraum jedes Studenten vor einer großen Prüfung, bei der es um ein ganzes Semester oder Studienjahr geht. Mein fotografisches Gedächtnis besteht leider nur aus gesehenen Fotos, ich erinnere mich an Bilder, die ich als Fotos öfter gesehen habe als die Originalschauplätze. Auf der Fahrt nach Porto do Son fällt mir der Piratenfriedhof ein, Dutzende offene Gräber in einem improvisierten, steinernen Friedhof, direkt am Strand gelegen. Da es Piraten waren, wurden sie nicht richtig bestattet und niemand kümmerte sich darum, zu vermerken, wie sie hießen oder woher sie kamen. Als wir dann zum Strand kommen, sehe ich die Steinmauer, aber dahinter ist eine romanische Basilika, schön restauriert, schützend ummauert. Die ersten Gedächtnislagunen, die ersten Verwechslungen, fängt es so an? Tage später erinnert sich Sara, dass es in Galicien einen Friedhof mit offenen Gräbern gibt, am anderen Ende Spaniens, in den Rías Baixas, wahrscheinlich in der Nähe des Castro de Baroña, fällt mir jetzt dazu wieder ein, in der Sierra de Barbanzas oder Barranzas, die fremdsprachigen Eigennamen bröckeln ja am schnellsten weg.

Heute war ich in Camelle, einem kleinen Fischerdorf, vor gut zwanzig Jahren Ziel unserer ersten größeren Exkursion an die Costa da Morte im Bus und zuletzt im Taxi, so klein war das Dörflein und unsere Töchterlein waren drei und vier Jahre alt. Fast nichts mehr war wie in der Erinnerung! Zum einen war das Dorf verändert, zum anderen hatte ich viele Dinge nicht mehr gespeichert. Traurig war das zerfallene Museo do Alemán, eines deutschen Frühalternativen, den es in den 1960er Jahren in dieses gottverlassene Fischernest an der nordspanischen Todesküste verschlagen hatte, die ihren Namen von den gefährlichen Riffen und den noch gefährlicheren Jagden nach exotischen Meeresfrüchten wie den *percebes* und den beliebten Tintenfischen hat. Die Landschaft ist herb und hart und menschenfeindlich, wie ich am Nachmittag selber erfahren sollte. In den 1990er Jahren hatten wir den *Man*, wie man ihn hier nannte, in seinem Museum persönlich kennengelernt. Er war wegen einer galicischen Liebe nach Camelle gekommen, die Sache entzweite sich und der junge Herr Manfred legte seinen Anzug und die Krawatte ab, kleidete sich wider jede Landessitte und trotz des harschen Klimas mit einem Lendenschurz – im Spanischen heißt der ganz unschuldig *Schwanzbedeckung / taparabos* – und lief sommers und winters stundenlang durch die Wälder und der Küste entlang, um Wurzeln, Steine, Knochen, Treibgut und Pflanzen zu sammeln, mit denen er Gaudí-ähnliche Tore, Brunnen, Türmchen und sonstige Gebilde bastelte, die er sein Museum nannte. Dieses Gesamtkunstwerk erregte immer mehr Aufmerksamkeit, die Menschen kamen von weiter her, um sich den komischen Heiligen an der Todesküste anzusehen. Er redete kaum mit jemandem, drückte allen Besuchern kleine Schreibblocks mit Kohlepapier in die Hände und bat sie, etwas aus seinem Museum zu zeichnen, ihren Namen und das Geburtsdatum dazuzuschreiben. Gerne bezahlten alle Besucher die hundert Pesetas Eintritt, wer öfters kam, durfte auch gerne umsonst zeichnen. Als die Gemeinde den Bau einer neuen Hafenmole plante, um die Winterstürme des Gran Sol besser abwehren zu können, stellte sie dem Einsiedler ein kleines Betonkabäuschen am Ende der riesigen Hafenmauer zur Verfügung, mit ein paar Glasfenstern für Licht- und Wärmeeinfall. Er bemalte die moderne Keusche mit ein paar passenden Farben und zog sich immer wieder dorthin zurück, vor allem im Winter.

Man lebte sehr zurückgezogen und redete kaum mit jemandem, den er nicht kannte. Was ich nie verstand ist, warum er seine Kreation Museum nannte. Es schien alles sehr lebendig und farbig, in dauernder Veränderung und nicht museal, konserviert und für die Nachwelt gemacht zu sein. Das minimalistische Leben im Lendenschurz, barfuß und auf die kleinen Naturalspenden der Bevölkerung angewiesen, machte aus dem Eremiten eine messiasähnliche Gestalt, spindeldürr, langes, lockiges Haar, braun gebrannt mit eingesunkenen Augen in einem hageren Gesicht. Ohne missionarischen Eifer lebte er ein äußerst ökologisches Leben, ohne Lärm und näher am Puls der Natur als der einfachste Fischer seines Dorfes. Sein Museum war sein Leben, sein Daseinsgrund, seine Liebeserklärung an Camelle, sein Ausdruck der verschmähten Liebe vielleicht, seine Sehnsucht nach Harmonie und Anerkennung. Dieser Garten des Lebens wurde am 13. November 2002 von einer zähen, schwarzen und klebrigen Masse überrollt und zerstört so wie hunderte Kilometer der galicischen Küste und mit ihr der Lebensraum hunderttausender Menschen, Vögel und Fische. Ein Flaggschiff der Globalisierung aus Liberia, das für griechische Reeder unter der Flagge der Bahamas ironischerweise unter dem Namen *Prestige* unterwegs war, war vor der Küste des Todes auseinandergebrochen, nachdem Frankreich und Portugal sich geweigert hatten, es in einen ihrer Häfen zu manövrieren, und gab der Costa da Morte wieder eine feine Nuance mehr an Interpretationsmöglichkeiten. Die Legende will es, dass *Man* an den Folgen des Tankerunglücks ebenfalls zugrunde gegangen sei, ob es tatsächlich die Schwerölkatastrophe der *Prestige* war oder auch sein hartes Leben als Steinzeitzeitgenosse, ist schwer zu sagen. Jetzt, wo sein Lebensgarten wirklich ein Museum geworden ist, das Museo do Alemán, ist es ein trauriges Museum, zur Hälfte zerfallen, die Pflanzen verdorrt, die Betonkeusche verlassen und der Museumsdirektor am Schweröl verstorben. Wären doch Camelle und die ganze Costa da Morte von so viel Prestige verschont geblieben! So ist es nicht mehr die Küste, welche Seefahrer und Fischer tötet, es ist das prestigeträchtige Öl, das die Küste umbringt.

Am Nachmittag gehe ich Wege, die mir der Besitzer des Landhauses O Cereixo, Julio, aufgezeichnet hat. Nach acht Kilometern Höhenstraße über der Küste und einem steilen Abstieg stehe ich mutterseelenallein in einem kleinen Fischerhafen und möchte nicht mehr dieselbe Strecke zurück gehen. Auch war die Höhenstraße nicht wirklich sehenswert, also suche ich einen Weg der Küste entlang und tatsächlich führt ein Pfad in die unberührte und ungerührte Landschaft aus Felsblöcken, Ginsterbüschen, Heidekraut, Brombeersträuchern und dichtem Buschwerk, in dem Moos und Farne die sanftesten, aber auch seltensten Polster bilden. Hier endlich sehe ich spektakuläre Felsformationen, wilde Klippen, grün-violettes Buschwerk. Der Pfad, manchmal stachelig, manchmal sandig, führt über Steinblöcke und Platten und windet sich um kleine Buchten und Felsvorsprünge. Nach einer guten Stunde verliert sich der Pfad leider. Ich springe trotzdem weiter, von Steinblock zu Steinblock, ganz meinem Sternzeichen verbunden, aber irgendwann sehe ich nur mehr Felsen, Dornen und Abgründe vor mir. Auf den nächsten Steinblock müsste ich gut einen Meter springen, wenn die Landung danebengeht, liege ich ein paar

Meter weiter unten in ungewissem Zustand. Zurück gehe ich ungern, aber langsam wird mir die Bedrohlichkeit der Situation bewusst. Ausgetrocknet, unsicher und etwas zittrig verschwimmt die Landschaft am Horizont und ich spüre eine Panik, die ich im Freien sonst nie verspüre. Ich stehe wie der Ochs vor dem Felsblock, der nur eine kleine Landefläche bietet, und unten winken die Brombeeren, das Gestrüpp und wer weiß was darunter ist. Ich mobilisiere alle noch verfügbaren Kräfte und zwinge mich, erst einmal nachzudenken und mich hinzusetzen, um die richtige Memory-Karte aufzudecken. Kein Wasser, kein Weg, keine Orientierung und nicht mehr viel Energie und noch weniger Selbstsicherheit.

Als Erstes tat ich, was ich schon lange nicht mehr getan hatte: Ich steckte die Kamera weg, in den Rucksack. Vor wenigen Minuten hatte ich noch versucht, die spannende Wegsuche und die dramatische Felsenlandschaft, die Wildheit der Todesküste in Bilder zu fassen, dazwischen baumelte die Leica nicht ganz ungefährlich am Rucksack und störte meine Kreise. Im Rucksack verstaut, hatte ich ein Problem weniger. Die schwierige Entscheidung war, ob ich den Sprung wagen sollte, um vielleicht mit einem Satz den Ausweg zu sehen, oder aber endgültig nicht mehr vorwärts oder rückwärts zu kommen. Im schlimmsten Fall verletzt zwischen Gestrüpp und Steinen zu liegen, womöglich ohne Netz für das *móvil. Inmóvil.*

Die Neuronen rasten, die Synapsen japsten, das Gehirn lief auf Hochtouren und schnell war mir klar: zurück und entweder eine andere Route finden oder sogar ganz zurück, an den Start. Das Zurückgehen war viel mühsamer als ich mir das vorgestellt hatte, und langsam ging mir die Kraft aus. *¡Ponte las pilas!*, dachte ich mir, die Batterien dürfen nicht ganz leer gehen. Im Rucksack fand ich einen Apfel, der mir Mut zusprach. Block für Block stieg ich zurück, jetzt waren die Felsblöcke wieder etwas flacher und es ging leicht abwärts, also musste unten die Küste sein. Es ging alles so langsam und dann plötzlich sah ich ein paar Häuser und einen Weg, nur einige hundert Meter weiter unten, einige hundert Meter voller Gestrüpp, Dornen und Felsen. Dazwischen ein Föhrenhain, der so trocken war, dass eine Zigarette den ganzen Hang in wenigen Minuten in ein Flammenmeer verwandelt hätte. Wieder Panik. Vom Harz explodierende Föhrenstämme hatte ich einmal in Galicien fotografiert, *por si acaso*. Meter für Meter kam ich vorwärts, nur noch Farne, Steinblöcke und den Abstand von den Föhren im Auge. Eine Steinmauer im Gestrüpp war nicht hilfreich, da das Balancieren darauf mehr Kraft kostete, als der meterweise Kampf im Unterholz. Die Dehydrierung machte sich immer stärker bemerkbar und ich schwor mir wieder einmal, nie mehr alleine in die Wildnis zu stiefeln.

Schließlich stand ich auf einem sandigen Pfad, die Beine blutig und zerkratzt, und immer noch ziemlich belämmert und wacklig durch den Wassermangel. Die Häuser waren alle leer, am Strand suchte ein Fischer mit seinen Buben Muscheln oder Krebschen, auch sie waren ohne Wasser unterwegs. Er zeigte mir einen überdachten Waschplatz mit einem Wasserhahn und Trinkwasser. Ich spürte, wie das Wasser aus der hohlen Hand in den ausgedörrten Körper schoss und mir von der verringerten Sauerstoffzufuhr schwindlig wurde. Erst nach einer längeren Pause konnte ich den Weg ins nächste Dorf wieder aufnehmen und nach einer halben Stunde war ich dort angekommen, schon wieder so durstig, dass ich im ersten Café ein Mineral, ein Bier und einen Kaffee bestellte, was mir eine hochgezogene Augenbraue der Kellnerin einbrachte, aber das schreckliche Gefühl, von innen auszutrocknen, erfolgreich bekämpfte.

Der Tag war gelaufen, ich war so erschöpft, dass ich daran dachte, mit Autostopp die letzten Kilometer nach Camelle abzukürzen, aber es kamen nur noch Mopeds oder Fahrräder in meiner Richtung vorbei. Zum Heimfahren war es noch zu früh, also studierte ich nochmals Julios Zeichnung und sah darauf Camariñas, Kap Vilán und den Friedhof der britischen Matrosen. Julio hatte mit seiner Zeichnung und einem Gläschen Hauswein oder zwei sehr symphatisch Werbung für seine Region gemacht. Nicht die Kathedrale in Santiago sei die älteste Kirche des Apostels, sondern das romanische Kirchlein seines Dorfes, dessen Portal ganz klar die sieben Leute auf dem Boot zeige, in dem der Apostel das Meer überquert hatte. Auch sei nicht Finisterre das wahre Ende der Welt, Kap Vilán liege noch westlicher, das sähe man auf jeder Landkarte, aber weil die Römer sich eben geirrt hätten und die Pilger seit vielen Jahrhunderten nach Finisterre kämen, sei das wirkliche Ende der alten Welt leider fast unbekannt. Kap Vilán wollte ich auf jeden Fall sehen, vor allem die vielen Windmühlen, die in den letzten Jahren wie stählerne Avatare ihrer Vorfahren im *Quijote* aus dem Boden geschossen waren und den globalen Treibhauseffekt mit Riesenarmen zu bekämpfen versuchen. Vom Kap Vilán, dem echten Ende der Welt also, führte eine staubige und holprige Landstraße dem Meer entlang, jedes Auto zog eine lästige Staubfahne hinter sich her, und schließlich kam der Friedhof der englischen Matrosen. Vom

Parkplatz waren es ein paar Schritte zu der einfachen Gedenkstätte. Die Erinnerung an die vor der Küste des Todes ertrunkenen englischen Seeleute erinnerte mich wiederum an die britischen Füsiliere aus Lancashire, denen mein Vater möglicherweise sein Leben verdankte und deren Plakette er jedem zeigte, ohne noch zu wissen, wofür und vom wem er sie erhalten hatte. Nachdem ich die Reliefplatte mit den Namen und dem Unglücksdatum gelesen hatte, setzte ich mich erschöpft und selten traurig ans Meer. Ich stellte mir die teilweise jungen Matrosen vor – gar mancher sein Leben ließ. Im kalten Atlantik vor der Todesküste in einem Sturm zu ertrinken, war schlimm. Ahoi, Kameraden, hörte ich im Hinterkopf und weinte vor mich hin, müde, zerkratzt und entmutigt vom Erinnern gleichermaßen wie vom Vergessen.

II

SO LAGEN WIR VIERZEHN TAGE

Wie lange liegt mein Vater schon vor Madagaskar? Vierzehn Monate reichen nicht, eher das Doppelte, aber genau lässt sich das ja gar nicht feststellen, und selbst wenn – wem würde es nützen? Kann man Demenz rechtzeitig erkennen und etwas dagegen tun? Kann man dem Vergessen gegensteuern? Wir haben einige halbherzige Versuche in diese Richtung unternommen, vielleicht waren wir zu spät dran, vielleicht zu wenig konsequent? Der digitale Bilderrahmen mit ein paar Dutzend Fotos der ganzen Familie, die meine Mutter hin und wieder mit ihm ansehen sollte, damit sich die Gesichter seiner Enkel oder zumindest seiner Kinder merkt oder sie wiedererkennen kann, war so ein Versuch. Meine Mutter weigert sich zu lernen, wo man den Bilderrahmen einschaltet, also gibt es keine Bilder. Vor Kurzem habe ich ihm ein französisches Gedicht, von dem er eine unvollständige Strophe zitiert hat, ausgedruckt. In kürzester Zeit wusste er die erste Strophe des Gedichts wieder auswendig, samt korrekter französischer Aussprache. Ein Botero Memory, das ich aus Kolumbien mitgebracht hatte, machte ihm kurze Zeit Spaß, allerdings nur ein paar Tage. Hätten wir weitere Puzzles nachreichen sollen? Wir waren selber puzzled und lagen in diesem Punkt meist länger als vierzehn Tage vor Anker und sahen tatenlos zu.

Wer ist das? Wer sind die Leute hier? Grüßen, etwas sagen. Ja, Grüß dich! Dass man dich auch wieder einmal sieht! Wer ist der Mann, irgendwie kommt er mir bekannt vor. Wer ist die Frau, die mit ihm gekommen ist? Erst wenn ich ihre Namen höre, weiß ich ein paar Minuten lang, wer sie sind. Namen – sie sagen fast nie ihre Namen, sie benennen sich nicht, ich auch nicht. Früher wusste ich alle Namen und hab sie fast nie gesagt. Heute würde ich sie gerne sagen, aber sie fallen mir nicht mehr ein. Wer sind die Namenlosen? Warum ist die Frau so herzlich und setzt sich gleich zu mir? Sie drückt mir einen Kuss auf die Wange zur Begrüßung, das mag ich. I like. Light thickens. It speaks and yet says nothing. Alle sprechen und sagen mir doch nichts, ich weiß nicht, wovon sie reden, noch was sie von mir wollen. Wieder kommt eine Frau herein, sie sieht dem Mann, der zuerst gekommen ist, etwas ähnlich. Warum grüßt sie mich so freundlich, aber die alte Frau, die mich immer Meinrad nennt, grüßt sie nur im Vorbeigehen? Warum küsst sie die junge Frau neben mir, aber die alte Frau nicht? Alle reden, alle lachen, ich will auch etwas sagen, aber was? Da fällt's mir wieder ein: Wir lagen vor Madagaskar und hatten die Pest an Bord. Die eine Frau lächelt, schaut aber weg, die andere wartet gespannt auf die nächste Zeile und die alte Frau ruft mir zu: Faulte, Meinrad, das hab ich dir doch schon tausend Mal gesagt, so geht das jeden Tag fünfzig Mal mindestens. Und der Mann ruft fast gleichzeitig mit mir AHOI und fast singen wir den Schluss zusammen, so wie ich's gern mag, wenn wir alle zusammen dasselbe singen und sagen, denn das kann ich verstehen. Manchmal bringt er die Gitarre mit und dann singen wir alle Strophen durch, er weiß auch noch die dritte, bei der kenne ich mich nicht mehr so gut aus und ich muss lachen, wenn er mir den Text vorsagt: Der Schiffskoch – wer war jetzt noch einmal der Schiffskoch? Jetzt soll ich an den Tisch kommen! Wir haben Besuch, höre ich, ich soll später wieder liegen. Ich mag Besuch, I like, aber mit einem Besuch kann ich nicht mehr viel anfangen. Besuch heißt Kuchen und Kaffee oder ein extra Bier, aber nach dem Kaffee kriege ich nur noch den halben Kuchen hinunter und von der Unterhaltung kriege ich gar nichts mehr mit. So liege ich vierzehn

Stunden am Tag auf der Couch vor Madagaskar. Wenn ich wieder aufstehe vom halben Kuchen, höre ich: Bleib doch noch ein bisschen, du kannst den ganzen Tag wieder liegen. Ja, das möchte ich auch! I like. I like plus gerund. I like lying. As I lay lying. William Thickens. William Faulkner. Sie reden, aber sie sagen mir nichts. The Sound and the Fury. Tales told by idiots. Signifying nothing. William F borgt bei William S. Jetzt fällt es mir wieder ein: mein Spitzname in der akademischen Bruderschaft der Räter, im Cartell-Verbund der Provinz Uni an der Oenipontana: Willy. Weil ich Englisch studiert habe und britischer war als die Briten, Golfschläger aus England mitgebracht hatte und wir jeden Sonntag Anfang der sechziger Jahre zum Frühstück Cornflakes aßen, als der Mais hierzulande noch zu Riebel und nicht zu Flocken verarbeitet wurde. Sie reden vom Bad und von Betreuung, von Erdgas und Euro, von Krisen und Fliesen, von Zügen und Flügen, und ich liege auf meiner weißen Couch und gücksle manchmal unter der weißen Decke hervor, um nachzusehen, ob sie mich beobachten, worüber sie lachen oder ob sie mich meinen. Ich verstehe sie nicht und höre sie kaum. Hätte ich vor Jahren das Hörgerät verwendet und gelernt, mit ihm umzugehen, würde ich heute vielleicht noch etwas mehr verstehen. Das lästige Hörgerät – es macht die urigsten Geräusche und manchmal ist es viel zu laut, es macht metallene Geräusche wie bei der FLAK in Rum, als es um uns herum kracht und donnert und die Retter Innsbruck bombardieren, bombardieren müssen, weil der wahnsinnige Schicklgruber den Endsieg verkündet hat, für den noch Millionen ihre Köpfe hinhalten müssen. Diese Geräusche konnte ich nicht mehr hören, also habe ich auf das Hörgerät gepfiffen. Sie haben es lange gesucht und ganz schön geschimpft, vor allem die alte Frau, weil es ja doch so teuer war und die Batterien und der Wartevertrag … Ich liege und schlafe lieber als zu hören. Wer nicht hören kann, darf liegen. AHOI!

KEIN WIND IN DIE SEGEL UNS BLIES

Einer der Witze, die mein Vater öfters erzählte, war der von den zwei Radfahrern, die nebeneinander fahren. Der eine sagt zum anderen: Dein Schutzblech klappert! Darauf der andere: Was ist? Darauf der erste wieder und etwas lauter: DEIN SCHUTZBLECH KLAPPERT! Darauf der andere wieder: WAS IST, WAS SAGST DU? Darauf der erste noch lauter: DEIN SCHUTZBLECH KLAPPERT! Der andere wird jetzt auch lauter und schreit: ICH VERSTEH DICH NICHT – MEIN SCHUTZBLECH KLAPPERT! – So viel zum Hörgerät.

Ebenso gerne erzählte mein Vater den Witz von den zwei Betrunkenen, die auf dem Nachhauseweg in eine Jauchegrube fallen, in der sie gerade noch aufrecht stehen können und in der ihnen die Jauche – in unserer Region Bschütte genannt – bis zum Hals steht. Mein Vater hätte nie das Wort Scheiße verwendet, als britischer Gent hielt er mehr vom Understatement und von der feinen Klinge. Im Witz fragt dann einer der nun doppelt Zugeschütteten den anderen: Wash sholln wir jetsch blosch tun? Worauf der andere antwortet: Blosch keine Wellen machen!

Kein Wind – keine Wellen. Manchmal kommt es mir vor, als ob die Pointe dieses Witzes eine größere Bedeutung im Leben meines Vaters hat. Nicht, dass ihm die Jauche bis zum Hals gestanden wäre. Nicht, dass er getrunken hätte: in Sachen Alkohol hatten wir ihn mit zwanzig Jahren uneinholbar überflügelt, sein Limit schätze ich auf zwei große Bier und ein kleines an einem langen Abend. Aber dieses Bloß-keine-Wellen-Machen, das schien sein Leben vor der Demenz zu dominieren. Nicht auffallen, nichts umwerfen, niemandem mal die Meinung sagen, bloß nicht anecken. Schmuggelten wir in den 1960er Jahren ein paar Kilo Zucker, Kaffee, Nudeln und ein paar Dosen Tabak über die Schweizer Grenze, fragten die Zöllner regelmäßig nach zu Verzollendem. Bevor mein Vater antworten konnte oder den Pass hervorgekramt hatte, hielt meine Mutter eine kleine Tasche mit einer repräsentativen und zollfreien Auswahl des Einkaufs hin – der Rest war auf dem Boden oder im Kofferraum verstaut – und sagte entschieden: Das ist alles, ein bisschen Schokolade und Zucker. – Mein Vater hätte bereitwillig die ganze Einkaufsliste aufgezählt. Auch bei Entscheidungen größerer Tragweite blieb es meistens dabei: Bloß keine Wellen machen. Ende der 1960er Jahre kam unser Vater irgendwie zum ECON-Verlag und übersetzte für diesen ein Kultbuch der anbrechenden, in Amerika bereits überbordenden Mediengesellschaft: *Understanding Media.* Für einen großen norddeutschen Verlag einen kanadischen Medienpapst und dessen Schlüsselwerk voller literarischer Zitate ins Deutsche zu übersetzen, ist kein Sonntagsspaziergang. Schon gar nicht für einen Amateur, denn was das Übersetzen betrifft, war mein Vater genau genommen ein Laie, er hatte nicht mehr vom Übersetzerhandwerk gelernt, als ein Anglist fürs Lehramt können muss. Dazu hatte er als Alemanne noch ein Dialekt-Handicap, welches die Übersetzerei für den vorwiegend norddeutschen Raum doppelt spannend machte.

Der Verlag war zufrieden mit der Arbeit, die mein Vater in den Sommerferien 1968 gemacht hatte und die meine Mutter auf der Schreibmaschine in drei Durchschlägen ins Reine geschrieben hatte, und gab weitere Werke McLuhans und auch ein Werk von

Peter F. Drucker in Auftrag. Schließlich wollte der Verlag diesen Übersetzer fix anstellen und bot ihm einen Posten in der Zentrale in Düsseldorf an. Das war meinem Vater zu riskant. Das waren zu viele Wellen. Auch eine Gastprofessur an einem New Yorker College, für welches er in der Landeshauptstadt regelmäßig Vorlesungen hielt, war ihm nicht geheuer. Wir hätten Deutsch und Englisch lernen können, zwei Großstädte und zwei große Länder bereisen können, Übersiedlung und Neuanfang erleben müssen, aber es blies kein Wind in das Segel der Abenteuerlust unseres Vaters. Er blieb lieber in seiner Wohnstube, rauchte seine Pfeife und ließ uns Kinder machen. Laissez faire war sein konstantester Beitrag zur Erziehung der Rangen, ein Angebot, das wir fleißig nutzten. Vielleicht hätten wir uns in Düsseldorf oder New York verloren gefühlt, oder wären verloren gegangen, wie meine Mutter auf der Fähre zwischen Bowery Park und Staten Island, als mich meine Eltern über Neujahr 1980 im großen Apfel besuchten und wir in einem Dorm des Wagner Colleges wohnten und jeden Tag ins winterliche Manhattan aufbrachen, um die verrückteste aller Megacities kennenzulernen.

Vor gut einem Jahr erhielt mein Vater einen Brief von einer Rechtsanwaltskanzlei aus Hamburg, der monatelang unbeachtet und ungelesen in einer Schublade im Wohnzimmer lag. Nach etwa drei Monaten schrieb die Kanzlei nochmals, diesmal eingeschrieben, und zufällig sah ich das Schreiben mit dem eindringlichen Gelb auf dem Umschlag bei einem Besuch. Ich fragte meine Eltern, wer ihnen denn aus Hamburg so Dringendes geschrieben habe, aber weder mein Vater noch meine Mutter wusste, worum es ging, meine Mutter hatte den Brief nicht einmal geöffnet. Ich erbrach ihn, las das Schreiben mit Erstaunen und erfuhr, dass ein deutsch-amerikanischer Verlag, der das Gesamtwerk McLuhans zu seinem hundertsten Geburtstag herausbringen wollte, die Kanzlei beauftragt hatte, den Übersetzer zu kontaktieren. Sie ersuchten um die Rechte für die Übersetzung des Hauptwerks *Understanding Media*, die nach über vierzig Jahren genauso gültig war wie bei ihrem Erscheinen Ende der 1960er Jahre. Ich schlug dem Vater vor, seine Interessen gegenüber dem Verlag zu vertreten, und freute mich für ihn, dass seine *Ferialarbeit* von 1968 solche Wertschätzung erfuhr. Nach einigen Mails und Konsultationen mit den Verlagen, mit denen ich regelmäßig zu tun habe, bezahlten die neuen Herausgeber ein präsentables Honorar, welches ihre Wertschätzung unterstrich und das die Mutter wie jeden Euro, der am Ende des Monats übrig bleibt – sie nennt das *das alte Geld* –, auf ein Sparbuch tat. Der Geldbetrag bedeutete meinem Vater nichts mehr, ob 300, 3000 oder 30.000 Euro war ihm einerlei, aber die Gültigkeit seiner Übersetzung schien ihm Freude zu machen.

DIE PEST, DIE WAR UNSERE PLAGE

Ich liege im Bubenzimmer, einem langen Schlauch in der einzigen Wohnung, die unsere Eltern ihr ganzes gemeinsames Leben bewohnt haben. Der größere Bruder hat das Bett beim Fenster – mehr Licht –, einen Schreibtisch und ein Regal. Unsere Reiche sind genau abgesteckt, aber frei zugänglich, in Friedenszeiten. Unsere Bettdecken sind gleich, dunkelgrüne Schurwolldecken mit einem weiten Schottenkaro. Zwei Geräuschkulissen dominieren unsere Jahre im Bubenzimmer: das Brummen und Klirren und Zischen aus dem im Haus angesiedelten Metallveredelungsbetrieb und die Tiertransporte zur Metzgerei des Nachbarn. Jeden Montag um fünf wecken uns die quietschenden armen Schweine, die lastwagenweise zum Schlachthof gekarrt werden. Sie schreien wie am Spieß, wir verstehen nicht warum, liegen im Dunklen und wundern uns, was die Schweine so zum Quietschen bringt. Wir spüren, dass sie nicht quietschvergnügt herumreisen, so wie wir, wenn uns jemand im Auto mitfahren lässt. Wir haben noch kein Auto, keinen Fernseher und keine Ahnung, dass der Sonntagsbraten mit der montäglichen Quietscherei ursächlich zusammenhängt. Wir haben auch keine Ahnung, dass die vollen und leeren Fässer hinterm Haus mit ihren grellbunten Totenkopf-Aufklebern hochgiftige Chemikalien enthalten, die unter unserem Bubenzimmer zur Galvanisierung und Veredelung von Zink und Chrom, Stahl oder Eisen verwendet werden. Die Totenköpfe passen bärig zu unseren Inszenierungen der Schatzinsel und stören auch nicht das Bühnenbild unserer sommerlichen Ivanhoe-Ritterspiele, für die wir Rollen verteilen, Kostüme schneidern, Texte verstümmeln und schließlich, wenn alles fertig ist, die ganze Nachbarschaft, die keine tragende Rolle hat, zur Aufführung bitten und einen Schilling Eintritt von der arbeitenden Bevölkerung einheben. Keiner der Erwachsenen stört sich im Geringsten daran, dass wir die Schwertkämpfe auf einem dünnen Dächlein aus Holz und Teerpappe über den Giftfässern ausfechten und die toten Ritter auf dem verseuchten Erdreich neben den orange-gelben Totenkopfwarnungen liegen und auf den erlösenden Schlussvorhang der Vorstellung warten. Ihre Hauptsorge gilt den Pfeilen, auf die wir Holunderpfropfen stecken müssen, damit sie nicht ins Auge gehen können. Verständlich, wenn man bedenkt, dass Pfeil und Bogen in jeder Aufführung von Ivanhoe, Robin Hood, der Schatzinsel, Robinson Crusoe und massiv bei Winnetou I, II und III als wichtige Requisiten zum Einsatz kommen. Unverständlich hingegen aus heutiger Sicht, dass man eine Chemiebombe, in der außer den Besitzern nur türkische Gastarbeiter zu Werke sind, vierzig Jahre lang in einem Mehrfamilienhaus lässt, wo sich die Dämpfe, die Abwässer und die Chemikalien beim Veredeln der Metalle immer tiefer in die Wände, die Böden, die Decken und das Erdreich hinter den Fässern fressen. Als Notlösung nach dem Krieg war es verständlich: Drei junge Familien waren froh um ein Zubrot, mehr war das Drittel eines eher kargen Mietertrags nie geworden, und was da genau produziert wurde, danach fragte man einfach nicht. Nix gnaus woass ma net, war der Informationsstand. Nach zehn Jahren, als der Betrieb aus mehreren Nähten platzte und die Metalle immer edler aussehen mussten, hätten die drei Hausbesitzer und vor allem die Gemeinde reagieren müssen. Sie reagierten auch, leider falsch: Dem Betrieb und dem Haus wurde eine Abwassersenkgrube vorgeschrieben, mit Anschluss an die Kanalisation, da dem Veredelungsbetrieb, der den Totenkopf schon im Firmennamen führte, mehrmals giftiges Abwasser direkt in den Dorfbach entkommen war. Das hatte ein bedauernswertes Fischsterben zur Folge, das wiederum einem Forellenzuchtbetrieb weiter unten am Bach wirtschaftlich schadete. Ob die Totenkopf-Fässer und ihre Fracht den bis zu zwanzig Kindern, die hinter dem Haus spielten, ein Leid antun könnten, wurde unaufgeregt überlegt und als eher unwahrscheinlich abgetan, vor allem in Anbetracht der monatlichen Zuwendung durch die Miete. Aus heutiger Sicht war diese Miete ein lächerlicher Betrag. Hätte man die Firma in die Pflicht genommen, sich zeitig auf eine Kündigung geeinigt, die Räume saniert und an eine Kanzlei, ein Geschäft oder einen Verein vermietet, der Ertrag hätte die Ausgaben schnell ersetzt und dem ganzen Haus Vorteile gebracht. Leider waren die Besitzer im Verhältnis zwei zu eins so zerstritten, dass nicht einmal der Verkauf eines Hausanteils untereinander möglich war. So freute sich der Vierte und verseuchte weiterhin und ungestört das Gemäuer und den Grund um das Haus. Als in den 1990er Jahren der Betrieb endlich ins Industriegebiet ausgesiedelt werden musste, hinterließ er ökologisch gesehen ein verseuchtes Minenfeld, verschwand ohne leise Servus zu sagen und ging prompt darauf pleite.

Die Gemeinde ließ ein Gutachten über den Grad der Verseuchung erstellen, lud alle Betroffenen zu einer Versammlung im Gemeindesaal ein und erklärte, dass eine Sanierung notwendig sei, die Kosten sicher jenseits der Millionengrenze lägen und sie dafür nicht zuständig sei und keinen Beitrag dazu leisten wolle. Plop! Jetzt haben wir immer noch diese Pest an Bord und keiner weiß ein Gegenmittel. Schon vor dem Krieg war das Lokal vermietet worden, stimmigerweise an einen Lebensmittelhändler, weshalb die Familie der Mutter mit dem Übernamen *Krömers* bedacht wurde, und noch früher war es eine Stickerei gewesen, als dieses Gewerbe im Ländle noch boomte und es billige, vor allem weibliche Arbeitskräfte gab. In den 1960er Jahren gab es noch kein ökologisches Bewusstsein, die Welt war ja noch einigermaßen im Lot, bis der rasante Wirtschaftsaufschwung – religiös verbrämt als Wunder tituliert – alles tat, um dieses Gleichgewicht zu zerstören. In den 1970er Jahren dann hätten sowohl die Betreiber als auch die Gemeinde dem buntmetallischen Treiben ein Ende setzen müssen. Es gab eine massive Protestbewegung gegen ein geplantes Atomkraftwerk im argwöhnisch betrachteten, weil wirtschaftlich erfolgreicheren Nachbarkanton des heiligen Gallus, und alles, was mit Verstrahlung und Verseuchung zu tun hatte, war jetzt des Teufels. Unsere Ritterspiele waren Kinderkram geworden, wir hatten Chemiebaukästen, Mikroskope und E-Gitarren zum Spielen, und mein Lieblingsfach der Unterstufe, *Naturgeschichte*, hieß jetzt *Biologie und Umweltkunde*. Statt der hoch motivierenden Farbbilder von Flora und Fauna, statt der poetisch anmutenden Beschreibungen der Savanne enthielten die Biobücher jetzt Illustrationen des Verseuchungspotentials eines Atomkraftwerks bei günstigen und ungünstigen Winden, die Fotos zeigten das Kahlste, was nach einer Atombombe übrig bleibt, und wir lernten mit vom Staat bezahlten Lehrmitteln alles, was notwendig war, um ein gutes Jahrzehnt später gegen das nigelnagelneue, startbereite und vor allem einzige heimische AKW zu stimmen, welches so zum Rekordhalter der österreichischen Frühpensionisten wurde: Es ging in den Ruhestand, ohne jemals gearbeitet zu haben.

Ich verdanke meinen Eltern sehr vieles – wiederum aus heutiger Sicht – und habe wenig an ihnen herumzumäkeln. Seit ich selbst Kinder habe, ist meine Sichtweise auf Elternschaft und Erziehung um einiges milder geworden als zuvor. Doch in diesem Punkt habe ich sie nie verstanden und wir hatten einige heftige Diskussionen über ihre Leben-und-Leben-lassen-Politik und die der im Haus lebenden Verwandtschaft. Diese Haltung passte gut zur Bloß-keine-Wellen-machen-Philosophie. Leider. Auf diesem Auge waren unsere Eltern blind und die Pest blieb an Bord. Bis heute.

Die zweite Geräuschkulisse unseres Bubenzimmers wurde ebenfalls zu einer Pestbeule der 1960er Jahre. Die armen Schweine, die montags im Dunkel der Nacht angekarrt wurden und tags darauf als saftige Schnitzel mariniert oder fasernackt im Schaufenster lagen, wurden nach der wundersamen Transformation, die sie im Schlachtraum erleiden mussten, immer mehr zum Statussymbol für die aufstrebenden Wirtschaften der Sieger und Verlierer. Viel Fleisch, viel Ehr. In diesen Jahren waren wir ein Acht-Personen-Haushalt mit hungrigen, heranwachsenden Jugendlichen und manchmal drei bis vier Erwachsenen am Tisch. Damals war Fleisch noch etwas Besonderes und dem Sonntag vorbehalten. Bei uns war der kulinarische Höhepunkt der Woche das Huhn, nach den Strapazen des Badens, des Anziehens der kratzigen oder stärrigen Wäsche, des Kirchgangs in die kalte Kirche am Tage des Herrn. Der Tag des Huhns: Ein einziges Huhn lag auf dem Opfertisch, nachdem sich in der Messe Jesus für uns verwandelt hatte und geopfert wurde. Wir verstanden weder die lateinischen Litaneien, die wir seit dem sechsten Lebensjahr auswendig herunterratschten – schnell genug, um die Messe voranzutreiben, aber nicht zu schnell, um nicht vom ewig grantigen Pfarrer gerüffelt zu werden –, noch die mysteriösen Seelen, die unter ein Dach eingehen sollten, oder das *Nehmet und esset alle davon*, das der Pfarrer immer alleine trank. Später erfuhren wir erstaunt, dass dies der Lieblingssatz unseres türkischen Nachbarkinds und Spielgefährten war, der eine Zeit lang aus Neugierde in die Messe mitkam: Für ihn klang es wie *Mehmet und Esen*, der Name seines Vaters und der seiner Schwester.

Und für den Sonntagstisch hatte sich das Huhn geopfert, ungefragt, millionenfach und sauber zugerichtet. Unser Herr war ein Opferlamm gewesen, aber wir aßen Huhn. Die Amerikaner, die ebenfalls dem Opferlamm huldigten, bevorzugten am Tisch das goldene Kalb in Form von Steak und Hamburger, oder den Truthahn, den turkey und allein die Türken in Turkey, die niemanden zum Freitagsgebet opferten, waren ganz wild auf Lamm und sorgsam darauf bedacht, es nicht mit einem Schussapparat oder einem Vorschlaghammer von der Weide abzuberufen, sondern es behutsam über die Halsschlagader ins Paradies der Opfertiere zu schächten. Unbelastet von jeglichem Bewusstsein für die Produktionsmechanismen des Fleisches, war unsere Hauptsorge an einem Tisch mit sieben oder acht hungrigen eng Verwandten, genug zu Essen zu bekommen. Unsere Schwester, die zwischen vier Buben aufwuchs, bekam auf lautstarkes

Verlangen hin immer *das Weiße*, das Filetstück sozusagen, oder wenigstens einen Teil davon. Wie ein Hühnchen – unsere Nachbarn nennen's Hähnchen oder auch Poulet – für acht Personen reichte, ist nach heutigen Begriffen ein ernährungstechnisches Mirakel, selbst wenn das gute Stück eineinhalb bis zwei Kilo gewogen hatte, es ist bestenfalls ein achtel Kilo oder 125 Gramm Fleisch pro Magen angefallen, nach Abzug der Knochen, Innereien, Haut und Sehnen.

Mit der Wirtschaft blühte auch die Metzgerei neben uns auf, der Besitzer war die beste Werbung für eine hohe Proteinzufuhr – aus seiner Körpermasse hätte man leicht zweieinhalb schlankere Mannsbilder herausgebracht – und er fuhr den einzigen Mercedes im hinteren Teil der Ringstraße. Mit dem steigenden Einkommen, dem Kinder-, Urlaubs- und Weihnachtsgeld sowie dem Zusatzeinkommen, das sich viele österreichische Lehrer verschaffen können (oder müssen – je nach Sichtweise), stiegen auch die Rechnungen in der benachbarten Fleischerei, und aus dem einsamen Sonntagshühnchen wurden am Samstag ein kleiner Fleischberg für den Hackbraten, den Sonntagsbraten, die Aufschnittplatte, die Leberknödelsuppe, die Brätmasse in der Folie, die Würste für die Woche und verschiedene Specksorten und Schinken für alle möglichen und möglichst fleischhaltigen Gerichte. Jetzt gab es fast jeden Tag Fleisch, man wurde immer abgebrühter und hartgesottener und in den katholischen Haushalten war nur noch der Freitag ein Dorn im Auge der Metzgereien, da freitags oft Fisch, die regional beliebten *Käsknöpfle* oder etwas Süßes serviert wurde. Jetzt gab es auch an manchen Tagen dreimal Fleisch, Aufschnitt zum Frühstück oder ein Jausenbrot, ein kräftiges Schnitzel zu Mittag und eine deftige Wurst am Abend.

Inzwischen bemerkten wir, dass neben den Schweinen auch ganze Rinderherden im Lauf der Wochen und Monate hinter den Stahltoren der Schlachthalle verschwanden und der Umwandlungsprozess von Tier zu Fleisch nicht so mystisch und lautlos vor sich ging wie jener von Brot und Wein in Fleisch und Blut. In den Auslagen des Fleischers merkte man nichts von alledem, dort schimmerte das Endprodukt in beinahe erotischer Pracht, zart rötliche Töne hier, tiefbraune Marinaden dort, lustige, von Wurststückchen aufgeheiterte Fleischspießchen im Sommer. Fleisch ist geil, schien die Werbestrategie der 1970er Jahre zu lauten, die Nomenklatur einer Metzgerei war kaum mehr von einem Beate-Uhse-Laden zu unterscheiden: überall wurden Brüste, Schenkel und Lenden angeboten, Spieße penetrierten alles und Würste prangten phallisch an jeder Wand. Der Höhepunkt war der Tanz ums goldene Kalb, das Kalbschnitzel ward das Nonplusultra des Fleischkonsums, der tierische Kindsmord auf den Altären des Konsums. God said to Abraham: Kill me a calf.

Wir wussten, was ein Kalb war. Wir kannten Kühe nicht nur aus der Fernsehwerbung. Wir sahen aus nächster Nähe, wie Kälbchen mit dem Milchfläschchen aufgezogen wurden, wie sie einen Namen bekamen, der in einem kleinen, familiären Bauernhof immer mit demselben Buchstaben der anderen Kühe anfangen musste. Wir lachten über die altmodischen Mädchennamen wie Gunda, Gerhild oder Gritta und erfanden moderne wie Groupie, Groovie oder Ginny, aber wir sind lange nicht auf die Idee gekommen, dass das süße, großäugige, milchsaugende Kalb mit

Namen und einer Metallplakette am Ohr, die uns wie ein Taufmedaillon vorkam, allzu bald in einem Lastwagen zu einer Metzgerei gebracht werden sollte, um dort via Elektrobolzen in die große weite Stille geschickt und schließlich fachmännisch verarbeitet zum Herzstück unseres sonntäglichen Fleischverzehrs zu werden, der gefüllten Kalbsbrust. Und wir begeistert davon essen würden.

Auch unsere Eltern aßen begeistert immer mehr Fleisch und machten mit dem zunehmenden Wohlstand immer weniger Bewegung. Diäten waren sinnlos, Sport nur ein Wort. Die beliebtesten Gerichte bestanden aus Fett und Salz oder Fett und Zucker. Dazu reichlich Kohlenhydrate. Als es den elterlichen Körpern zu viel wurde und sie mit Infarkt und Knochenüberlastung reagierten, wäre es hoch, aber noch an der Zeit gewesen, manche Gewohnheiten zu überdenken, sich zu informieren und vor allem die Zeit des Ruhestands anders zu gestalten als mit dem Trott, der sie physisch in eine Sackgasse führte. Aber entweder ließen sich unsere Eltern einfach nichts sagen von den behandelnden Ärzten (was ich befürchte) oder die modernen, kundenorientierten Medici trauten sich nicht wirklich, ihren langjährigen Klienten unangenehme, ans Eingemachte gehende Tatsachen schonungsvoll beizubringen und dazuzusehen, dass so gut wie kostenlose Therapien auch umgesetzt wurden. Hier keimt der Verdacht auf, dass der Heilkundler lieber sieben Tabletten am Tag verschreibt und seinem Patienten versichert, er könne genauso essen und leben wie bisher, als dass er ihm eine Ernährungsberatung, regelmäßige Bewegung und ein aktives Sozialleben vorschlägt, an dem er leider keinen Cent verdient. Am wahrscheinlichsten ist eine fatale Kombination aus beidem, aus einer Starrköpfigkeit unserer Altvorderen und einer gewinnorientierten Medizin.

Wo der Gewinn bleibt? Mein Vater nimmt seit etwa 25 Jahren regelmäßig Medikamente zu sich, seit vielen Jahren sieben Stück am Tag, die heilige Zahl sieben. Ein Bruder lebt seit etwa 15 Jahren mit Medikamenten, wie viele weiß ich nicht. Meine Mutter hat ebenfalls seit Jahren ihr Medikamentenkästchen, mit dem sich die Tageszeiten und Wochentage überschauen lassen. Das heißt über etwa fünfzig Jahre hinweg nimmt jemand in der Familie regelmäßig vier bis fünf Hemmer, Blocker, Förderer, Unterstützer oder Verhinderer täglich ein, ein halbes Jahrhundert Dauerkundschaft in der Bahnhofs- oder Marienapotheke. Zusammengerechnet sind das etwa 92.000 Tabletten, Kapseln, Pillen, Pharmaka, nicht miteingerechnet Kopfwehpulver, Schmerzstiller, Salben oder Hustentees. Der oberste Tablettenverschreiber hat dieser Tage die goldene Landesmedaille erhalten: für die Importstützung von Ciba und Geigy? Für das Aufblühen von Hoffmann-La Roche? Für die gedeihliche Zusammenarbeit mit Novartis? Für die Marktanteile von Bayer-Schering? Schwer festzustellen, unmöglich zu beweisen, aber wie sonst ist die Verschreibungswut vieler Allgemeinmediziner zu erklären?

DA LIEFEN WIR AUF EIN RIFF (sic)

Das ist die Zeile, in der auch das tausend Mal wiederholte Lied zu bröckeln beginnt. *Gar mancher sein Leben ließ* sollte sich ja eigentlich auf das stimmhafte *blies* der zweiten Zeile reimen, blasen, blies, geblasen. (Andere Versionen des Liedes singen davon, dass kein Wind mehr in die Segel *pfiff*, worauf sich dann ja auch das schicksalsschwere *Riff* reimt. Wir jedoch singen unbeirrt unsere mündlich überlieferte Version des Liedes.) Ausgeblasen ist das Kerzlein dieser Erinnerung und im Gegensatz zu den Kerzen auf dem Geburtstagskuchen werden es immer weniger. Wir sitzen in der Küche, meine Eltern, die Betreuerin und ich, nach der Faschingseröffnung am 11.11. um 11:11 anno 2011, lauter Elfer, lauter Elfmeter? Die örtliche Schalmeienmusik, the full tilt wait-pipe band, und die Gemeinde haben eingeladen, es gibt Freibier und Gerstensuppe. Die Schalmeien spielen auf, die Lautstärke erübrigt jedes Hörgerät, mein Vater fühlt sich sichtlich wohl, hier muss jeder schreien, wenn er etwas kommunizieren will. So läuft auch die Kommunikation mehr über Brot und Wein, sprich Gerstensuppe und Bier. Erst ein paar Jahre ist es her, da hat mein Vater die fetzigen Nummern der Schalmeientruppe vom Noten- ins Zahlensystem übertragen, die Schalmeienspieler lesen keine Noten, sie sind meinem Vater so dankbar, dass sie ihn heute noch auf jeden öffentlichen Auftritt einladen, und auch wenn er heute keinen Ton mehr wiedererkennen würde, so spürt er doch die Wertschätzung, die ihm da entgegengebracht wird. Amazing. Amazing grace, how sweet thy sound! Wieder ist es die Musik, die ohne Gedächtnis fließt und die Stimmung hebt. Zu Hause ist mein Vater müde, den Kaffee trinkt er gerade noch, der Kuchen geht nicht mehr. Später, sage ich zu ihm, lass den Kuchen auf später. *Schpötr, peut-être* reimt er plötzlich und lacht über das Wortspiel. Gerne vertrollt er sich dann auf die Couch und liegt wieder vor Madagaskar, während uns meine Mutter von den Riffs erzählt, auf die sie in den letzten Jahrzehnten aufgelaufen sind. Bei der Faschingseröffnung hat ihr die Tischnachbarin von ihrem Mann erzählt, der an einer ganz seltenen Krankheit litt, ihr viele schlaflose Nächte bereitete und schließlich verstarb. Der Name der Krankheit fällt ihr ums Verrecken, wie sie manchmal übertreibt, nicht mehr ein. Tobsucht, nein, das kann es nicht sein … Tollwut, schlage ich vor, nein das haben nur Tiere, sagt sie. Schizophrenie ist es dann auch nicht, es will und will ihr nicht mehr einfallen, aber es ist ein dankbarer Anstoß, sich auf die eigenen Katastrophen zu besinnen: der Blinddarmdurchbruch meines Vaters anno siebzig im alten Spital in Feldkirch, der meine Mutter viele schlaflose Nächte kostete, der Arzt wusste nicht, ob mein Vater durchkommen würde oder nicht. Den Blinddarm hatte er allerdings auch nicht erkannt und dem Mediziner schien es stark an Kompetenz zu mangeln. Wir bekamen wenig mit vom Riff, auf das wir aufgelaufen waren, es war immer noch unüblich, mit Kindern über Krankheit und Tod zu reden, das Leben war anstrengend genug. Ich erinnere mich nur, dass ich den Spitalsaufenthalt meines Vater fantasievoll nutzte, als ich am Ende des Schuljahres mein Englischbuch, das ich verschustert hatte, der Schulbuchverwaltung zurück geben sollte, aber partout nicht mehr finden konnte. Als der Schulbuchzuständige mir sagte, dass ich das Buch in diesem Fall bezahlen müsse – die

Leihgebühr betrug 1 Schilling und das Buch kostete über 50 Schillinge –, sagte ich ihm mit Tränen in den Augen, dass mein Vater schwer krank im Spital liege und es zu Hause deshalb drunter und drüber ginge. Das Buch wurde als erledigt abgehakt und der nette Verwalter erkundigte sich bis zum ersten Ferientag regelmäßig nach der Gesundheit meines Vaters. Der erholte sich wieder, stellte das Zigarettenrauchen ein und stieg auf die Pfeife um, die fortan für einen exotischen Duft in unserer Stube sorgte und jene wunderbaren blauen Rauchschwaden produzieren konnte, wenn nur die Raumtemperatur hoch genug war. Das Zigarettenrauchen übernahmen prompt und unauffällig wir, da man uns immer schon in den Tabakladen geschickt hatte, die tägliche Schachtel *Smart* zu kaufen, waren wir nun smart genug, weiterhin *für den Papa* zu sagen, und der Tabakverkäufer war smart genug, keine lästigen Fragen zu stellen. Auf Grund unserer geringen Kaufkraft waren wir gezwungen, auf *Nil* umzusteigen, die in Minipackungen zu fünf oder zehn Stück erhältlich waren, was in der Anfangsphase, als uns das Inhalieren mehr schlecht als recht bekam, für mehrere Tage reichte.

Es war ein annus horribilis, vor allem für meine Mutter, die Großmutter starb, der jüngste Bruder musste mit Wurm- oder einem Parasitenbefall in die Klinik nach Innsbruck. Von dort rief nach einigen Tagen eine Krankenschwester einigermaßen aufgeregt an, der Bub habe eine Gehirnerschütterung, es seie aber nichts Schlimmes, und entschuldigend fügte sie hinzu, dass es leider beim Herumtollen mit dem Biabl passiert seie, es täte ihr auch sehr leid. Kurz darauf fuhr meine Mutter nach Innsbruck, um selbst nach dem Rechten zu sehen, eine Klinik, in der aus

Wurmbefall eine Gehirnerschütterung wird, wirkt nun nicht wirklich vertrauensbildend. Als sie dorten ankam, war der Bub aber schon wieder quietschlebendig und der Vorfall wurde in der Akte *Lachen ist die beste Medizin* abgelegt.

Das größte Riff, auf das meine Eltern aufliefen, betraf die Psyche. Das Leck, das dieses Riff in das Schiff ihres gemeinsamen Lebens geschlagen hat, ist letztendlich irreparabel. Noch heute pumpen sie kleine Mengen Wassers aus dem Maschinenraum der Psyche, hin und wieder. Das vierte Kind war eine schwere Geburt gewesen und das letzte, dessen Name mit demselben Buchstaben der anderen Kinder anfangen sollte. Wie bei den Kühen, so bei den Kindern. Alle sollten wir mit modernen Cs anfangen, der Milde, der Gebende, die christliche Jungfrau und eben der Christliche. Noch herrschte die Vorstellung in manchen Familien, dass eines der Kinder einen religiösen Beruf ergreifen sollte, im Idealfall Kardinal werden würde und so allen anderen den Einzug ins Himmelreich erleichtern könnte. Genauso war geplant, dass jeder ein Instrument lernen sollte, am besten für ein Klavierquintett bei fünf Kindern. Sehr christlich sollte es also werden und vielleicht war es dieser messianische Druck, der den Zweitjüngsten immer wieder fragen ließ, ob er denn auch brav seie. Wie alles genau gekommen ist, weiß heute niemand mehr, mein Vater als Hobbypsychologe war von Anfang an zu direkt betroffen von der Situation, um sie nüchtern und distanziert einschätzen zu können, und heute, vor Madagaskar, ist die Vergangenheit bewältigt, ja sogar überwältigt. Soweit ich mich erinnern kann, stand am Anfang ein Beinah-Autounfall vor dem Haus, auf der Ringstraße. Auf dem Weg vor unserem Haus gab es in den 1960er Jahren so gut wie keine Autos, wir spielten Federball, Fußball und Völkerball, ohne jemals das Netz über den Weg abnehmen zu müssen. Auf der Ringstraße fuhren immer öfter Autos, und die Euphorie, ein Auto zu fahren, überwog bei Weitem das Bewusstsein, dass der Personenkraftwagen auch die Kraft hatte, Personen Schaden zuzufügen oder das Leben zu nehmen. Je nach Sichtweise sprang mein Bruder eines Tages in ein Auto oder ein Auto fuhr ihn über den Haufen, wie das so hieß, beides reichlich daneben formuliert. Niemand springt in ein Auto, jeder versucht, im rechten Moment über die Straße zu kommen. Kein Auto fährt einen über einen Haufen, schlimmstenfalls nieder. Schwerer Unfall war es keiner, nach einer kurzen Bewusstlosigkeit kam er wieder zu sich, sichtbare Verletzungen hatte er auch keine davongetragen. Was er vielleicht länger mit sich trug, als damals erkennbar war, waren die unsichtbaren Folgen des Zusammenpralls kindlicher Unsicherheit mit gedankenloser Autofahrer-unterwegs-Mentalität. Ich weiß nicht mehr in welchem Abstand und in welchem Zusammenhang, aber irgendwann nach dem Unfall hatte mein Bruder einen epileptischen Anfall, so schien es, und dann begann eine Serie von Behandlungen, die aus heutiger Sicht eher experimentell als professionell anmuten, beginnend mit der Behandlung bei einem benachbarten Psychiater via Psychopharmaka bis zu Elektroschocks. Da wir älteren Geschwister schon auswärts studierten zu dieser Zeit, bekamen wir die Details überhaupt nicht mit und die Rahmenhandlung wurde vor allem von meinem Vater stark vereinfacht und verharmlost. Da mein Bruder sich auch früh und völlig einseitig auf die Welt der Zahlen stürzte und sich durch die Mathematikbücher des Gymnasiums arbeitete, ließ man ihn machen, wir waren froh, dass er beschäftigt war, und so fiel sein Defizit an sozialen Kontakten, Umgangsformen, Interessen und Aktivitäten weniger auf und scheinbar weniger ins Gewicht. Während wir älteren Geschwister ministrierten, menstruierten, pubertierten, motivierten, modulierten, musizierten und Mädchen respektive Jungs aus allen möglichen Perspektiven zu betrachten begannen, löste Christoph mit fünfzehn Maturaaufgaben, an denen wir, als die Zeit der Reife gekommen war, fast scheiterten. So wurde er gerne als Genie präsentiert, dem Dutzende Ausnahmen gestattet und Zugeständnisse gemacht wurden, nur damit alle ihre Ruhe hatten. Da sich sonst niemand in der Familie auskannte in der Welt der Zahlen, war dieser Genieglaube einfach am Leben zu erhalten, mein Bruder war in Wirklichkeit höchst einseitig auf eine Welt voller Ordnungen und Formeln fokussiert, die, sowie er versuchte, diese in seinen Alltag zu übertragen, auf das dort regierende Chaos krachten, aus dem das Leben nun einmal entstanden ist. So glaubte er, als das Lotto zum ersten Mal ins Land zog, mit mathematischen Formeln ab einem gewissen Einsatz mit Sicherheit einen hohen Gewinn herausholen zu können. Er überzeugte zwei Gleichgesinnte und sie legten ein für Studenten erkleckliches Sümmchen zusammen, das sie dann prompt vergeigten. Sie verteilten das Geld auf Dutzende Lottoscheine und brauchten stundenlang, um alle Scheine durchzuprüfen. Und dann: nada, nada de nada. Ließen sich Lottozahlen berechnen, Mathematik wäre das populärste Fach an jedem Gymnasium, an jeder Uni, oder es gäbe bald keine Lotterien mehr!

Natürlich studierte mein Bruder auch Mathematik. An der Uni musste er schnell einsehen, dass es noch andere junge Leute gab, die recht flott mit Zahlen umgehen konnten, und die ersten Prüfungen ergaben alle möglichen Resultate, aber keine genialen. So setzte er sich in den Kopf, seine Prüfungen so oft zu absolvieren, bis die Ergebnisse sehr gut waren, und studierte mit Unterbrechungen vierzehn Jahre lang Mathe und PPP. Psychisch ging es in dieser Zeit auf und ab, aber niemand konnte sehen, dass ihm eine Auszeit, die er krankheitsbedingt so oder so nehmen musste, in der er sich elementaren Überlebensstrategien zuwenden hätte können, mehr gebracht hätte, als der schönste aller österreichischen Titel, der Mag. Nicht jeder mag nämlich, nicht jeder kann mögen. Manch einer mag auch nicht können. Gar keiner sollte müssen.

Wie ernst die Lage war, sah ich in einem Dorm des New Yorker Wagner College, wo ich meinen Vater im Sommer 1981 von Iowa aus besuchte und er ein Seminar für Englischlehrer leitete. Wir unterhielten uns über alles Mögliche und als er auf Christoph zu sprechen kam, sah ich ihn zum ersten Mal in meinem Leben weinen. Ich wusste nicht was tun, wir hatten nie gelernt, mit weinenden Vätern umzugehen, ich dachte, Väter weinten einfach nicht, nur in der Literatur. Eine Frau konnte man umarmen, ihr über die Haare streichen und ihr etwas Tröstendes ins Ohr flüstern. Oder sie einfach halten und nichts sagen. Aber meinen Vater? Wir umarmten uns nie. Wir klopften uns nicht einmal auf die Schultern. Das war auch das Einzige, was mir einfiel. Ihm die Hand auf die Schulter zu legen und zu sagen, das wird schon wieder. Dabei hatte ich gerade zwei Jahre lang in den

USA gesehen, dass sich Gott und die Welt umarmen, a hug a day keeps the shrink away, jeder huggte jeden, es gab Hug-Besessene, die Gratis-Umarmungen verschenkten, an der Straßenecke. Warum konnten wir unseren Vater nicht umarmen? Warum umarmen wir unseren Vater bis heute nicht? Vielleicht ist das Brauch in Madagaskar und wir wissen nichts davon?

Nun, es wurde nicht wieder. Es wurde nur schlimmer. Mein Bruder sah überall Nadeln, zog alle Vorhänge im Haus zu, verweigerte schließlich Essen und Trinken in einer Karwoche und begab sich auf Zureden meines Vaters selbst wieder in Behandlung in die geschlossene Abteilung, wie das heißt, euphemistisch möchte man in die Klinik sagen. Meine Schwester war im Dauereinsatz, der jüngste Bruder war eigens aus Wien angereist und wir versuchten gemeinsam, den Verängstigten von der Sinnhaftigkeit einer professionellen Behandlung zu überzeugen. So läuft es immer bei uns zu Hause, der Leidensdruck muss schon enorm sein, bis sich jemand freiwillig in Behandlung begibt, und das geht vom Zahnarzttermin der Mutter bis zur Malaria des Schwagers, der beinahe an ihr umgekommen wäre.

Sein Golgotha hatte mein Bruder im Praktikumsjahr erreicht, das er auf Betreiben meines Vaters auch noch absolvieren sollte. Wir mischten uns nicht ein, lasst ihn nur machen, vielleicht klappt's ja noch. Doch der Lehrerberuf ist keine geschützte Werkstatt und gerade das Praktikumsjahr ist weit mehr als ein Lackmustest, da wird sofort und unbarmherzig am Lack gekratzt und jeder will wissen, wie viel Substanz unter dem frischen Magistertitel zum Vorschein kommt: der schwache Schüler, der nicht versteht; der Störenfried, der nur Spaß will; der schlaue Schüler, der nur allzu gut versteht; der Einführende, der sein Können zeigen will; der Inspektor, der der Form Genüge tun muss. Blößen kann man sich jede Minute geben, sprachliche, inhaltliche, formelle, im Auftreten, disziplinäre – die Unterrichtsstunde kann nie zu kurz sein. Nach ein paar Wochen, vielleicht drei Monaten, wurde es ihm zu viel, zu viele Stimmen, zu viele Anforderungen, zu viele Menschen und zu viele kleine Details, die sich nicht in eine Formel oder Regel oder ein Axiom pressen ließen. Er ging nicht mehr in die Schule hinein, verbrachte die Vormittage zwischen Unterdorf und Elternhaus, da er sich nicht traute, zu Hause zu sagen, dass ihm alles über den Kopf gewachsen sei. Das Versteckspiel dauerte nicht lange, die Schulbehörde brach das Praxisjahr ab und mein Bruder blieb zu Hause. Ironischerweise war sein Leben, das er in perfekter Ordnung, numerisch durchorganisiert und alles im Voraus berechnend führen hatte wollen, ein heilloses Chaos von Verspätungen, Verschüben und Verhinderungen geworden, während unsere Leben, die wir gerne als unreglementiert und vieles locker dem Zufall überlassend präsentieren, in beinahe schnurgeraden Bahnen verlaufen: Jeden Tag sitzen wir im selben Zug, überqueren dieselbe Brücke, kennen unseren Arbeitsablauf auf Wochen und Monate hinaus, trinken seit Jahren dasselbe, gehen meistens mittwochs ins Kino und samstags essen und verbringen den Sommerurlaub Jahr für Jahr am selben Ort, mit denselben Menschen und demselben Programm. Nur das Wetter ändert sich eigentlich noch.

Vielleicht sollte man nicht allzu viel planen. Vor Kurzem erzählte mir eine Bekannte von einer perfekten Familie, bei der alles nach Plan gelaufen sei:

Studium, Heirat, erstes Kind, Karenz, Karriere, zweites Kind, Vatermonat, Karriere, Bausparvertrag, Grundstückskauf, Hausbau, einfach alles. Und als sie das alles erreicht hätten, seien sie beim Tsunami am Stephanstag ums Leben gekommen. Sicher waren unter den zweihundertfünfzigtausend Opfern auch viele, die überhaupt nichts geplant hatten, die einfach dort wohnten und gerade das Frühstück zubereiteten oder richtig ausschlafen wollten. Für sie war es genauso tragisch. Nur bei den Planern kommt noch diese furchtbare Ironie dazu: Die hatten die Reise ja auch geplant, wollten sich womöglich den kranken Weihnachtsrummel, die schäbige Routine, die einfallslosen Geschenke, die gestörten Einkaufssamstage und den genmanipulierten Weihnachtsbaum samt den Heizkosten ersparen, wollten Schwimmen statt Schifahren, Sonnenbaden statt am Sessellift frieren, wollten Sandburgen statt Schneeschippen und kamen dann in der größten Naturkatastrophe des neuen Jahrtausends um.

Für meinen Bruder kam die Katastrophe in der Karwoche, einige Monate nach dem Abbruch des Praxisjahres. Laut unserer Mutter haben uns Katastrophen vorwiegend in der Karwoche befallen, wie Stationen eines Kreuzweges, vielleicht ist es auch die abnehmende Erinnerung, die alle Familiendesaster in diesen einen Rahmen zwängt, der im Jahresablauf etwas hervorsticht. Vielleicht war diese Karwoche aber auch eine Erlösung, denn nach langer stationärer Behandlung, in die auch die ganze Familie involviert gewesen war, gab es zum ersten Mal seit vielen Jahren eine Diagnose und eine Therapie. Die Therapie bestand aus einer späten Abnabelung von den Eltern und einem Leben in einer Wohngemeinschaft, deren

Hauptübung das Zusammenleben war. Die Diagnose war einfach, eher etwas allgemein und barg keine Überraschung. Mit ihr konnten wir leben. Unsere Eltern reagierten sehr unterschiedlich auf den Umzug in die Wohngemeinschaft. Für meine Mutter war es ebenso eine Erlösung, da der Sisyphusstein des Anstoßes, der ewige Zankapfel ihrer Ehe nun nicht mehr den Berg hinaufgerollt werden musste, für meinen Vater entstand ein Vakuum, da ihm ein zentrales Thema seines Lebens abhandengekommen war: Lebenshilfe für seinen Sohn zu sein, den er einerseits für einen *komischen Heiligen* gehalten hatte, von dem er andererseits aber bis zuletzt gehofft hatte, dass es doch noch irgendwie ginge. Nun gab es die Diagnose *komischer Heiliger* nicht, und genauer besehen war es schon lange nicht mehr gegangen.

Manchmal frage ich mich, ob es nicht in allen Babyboom-Familien der fünfziger und sechziger Jahre den komischen Heiligen gibt, ja geben muss? Wenn ich ich mich umschaue: dort die älteste Tochter, die mit Vorzugsmatura das Studium abbrechen musste und einen geschützten Arbeitsplatz benötigt; da die Cousine, die nach einer gescheiterten Beziehung das Studium hinwirft, versumpft und von der Sozialhilfe lebt, die sie in Nikotin und Alkohol anlegt; ein anderer, der Messen liest statt Winnetou; der Nächste, der auf ein verlassenes Maisäss zieht, von ein paar Kühen leben will, bis ihm die Freundin davonläuft, weil sie nicht wie eine Kuh behandelt werden möchte, und der den Religionsunterricht kabarettmäßig gestaltet, bis er von den humorlosen Vorgesetzten ebenfalls im Praktikumsjahr den Stiefel bekommt – und dies alles in nächster Umgebung.

AHOI, AHOI, KAMERADEN, AHOI, AHOI!

Immer wieder rezitiert mein Vater den Refrain mit dem Gesichtsausdruck des Mahnenden, es scheint, als sei eine wichtige Botschaft in diesem Text verpackt, den wir zum hundertsten Mal hören, schon nicht mehr hören können und noch immer nicht verstehen. Wer waren seine Kameraden? Einer der frühesten muss jener Rudolf aus dem Tirol gewesen sein, der im selben Haus wie er in Feldkirch ein Zimmer hatte, um aufs Gymnasium gehen zu können. Jener Rudolf, der dem elf- oder zwölfjährigen Buben am Nachmittag sagte: Jetzt ist Silentium und Studium, erst wenn du fertig bist, kannst du tschutten gehen. – Ohne den Rudolf wäre womöglich nichts aus dem Gymnasium geworden, denn mit zwölf Jahren hat man weder Silentium noch Studium im Kopf, wie wir aus eigener Erfahrung bestens wissen. Der Rudolf hängt auch eng mit der frühen Entdeckung des Reisens und der Begeisterung für die Eisenbahn zusammen. Mit dreizehn oder vierzehn lädt der Rudolf den Meinrad ein, ihn zu Hause im Paznauntal zu besuchen, die erste Reise eines Buben mit der Eisenbahn durch den Arlbergtunnel, über Brücken und Viadukte in eine andere Welt. Wie muss ihn diese Reise beeindruckt haben, dass er siebzig Jahre später und schon ziemlich erinnerungslos auf einem Ausflug ins Südtirol beim Anblick des Arlbergs ein Tirolerlied anstimmt, das wir vorher noch nie von ihm gehört haben, und in Landeck erinnert er sich an den Rudolf und an das Dorf, in dem er wohnte. Als der Rudolf dann einige Monate nach dieser spontanen Erinnerung starb und der Partezettel per Post kam, war die Erinnerung schon wieder verblasst und Foto und Name allein genügten nicht, um meinem Vater klarzumachen, wer da für immer aus seiner Welt gegangen war. Aus seiner Welt, die schon recht dünn besiedelt war.

Kameraden gab es einige im Leben unseres Vaters, die Kameraden, mit denen er auf dem langen Marsch der Kriegsgefangenschaft gerade noch rechtzeitig getürmt war und die ihm möglicherweise das Leben gerettet hatten, die Kameraden der Studienzeit, die sich hauptsächlich im Rahmen der mittelalterlichen Verbindung zu Met-Turnieren trafen, die Kameraden des Berufsalltags am Morgenstern-Gymnasium und vereinzelt weitere Kameraden, die über aktuelle Berufs- oder Freizeitaktivitäten in sein Leben kamen.

Viel Zeit blieb ihm allerdings nicht für Kameraderie, mit der beruflichen Belastung, fünf überaus aktiven Kindern und keinem nennenswerten Hobby war er ein sehr häuslicher Mensch, der den größten Teil seiner Freizeit zu Hause verbrachte.

Ich sitze im Railjet 663 *Neue Mittelschule*, einer schmucken Doppelgarnitur unserer schnellsten Städteverbindung. Es ist 05:40 und die geschätzten fünfzehn Waggons sind so gut wie leer. Das Platzangebot ist riesig. Zuerst setze ich mich in der Nähe des Einstiegs hin, dann in der Mitte des Waggons, an eines der wenigen Vierertischchen in der Nähe der Gepäckablage. Hier kann man bestens Lesen, Schreiben und so sich der Zug füllt, mit jemandem ins Gespräch kommen. Abfahrt 05:47, der Waggon ist immer noch fast leer. Platz wäre für geschätzte eintausend Fahrgäste. Ich nütze die Leere und die Stille und schlafe, lese und freue mich auf Wien, ein paar Tage mit den studierenden Töchtern sind immer eine Freud' für die väterliche Seele. Leitmotiv dieser Reise ist jedoch die Erstkommunion Hannys, stellvertretend für meine Schwester, die zwar auch nicht Kindspatin ist, aber als einzige Tante aus dem Westen doch einen besonderen Draht zu ihrer Nichte hat. Ich freue mich sehr, Hanny zu sehen, Funny Hanny, ein quicklebendiges, drahtiges Mädchen, das auf uns herumturnt, als wären wir ein Klettergerüst, und den Mutterwitz ihrer Mutter hat. Auf alle drei Liesinger Kinder freue ich mich, sie sind das jüngste Ende der Familie, voller Energie und Neugier, keine Katzenjammerkids – no way José.

Wir hatten ja zehn Jahre im Wien gewohnt und dort den ersten Versuch unternommen sesshaft zu werden, einen Versuch, den wir nach vier Jahren wieder aufgaben. In Innsbruck eingefahren, kommt Leben in den Zug, Innenleben. Ein junger Mann setzt sich mir gegenüber hin und grüßt kurz. Dann kommt eine große Gruppe, die dem Lachen und Organisieren der Sitzplätz nach zusammengehört. Es sind sehr viele Frauen, mittleren und fortgeschrittenen Alters, fröhlich aufgeregt lassen sie sich nieder. Erst jetzt sehe ich, dass fast alle Plätze in meiner Umgebung reserviert waren, ab Innsbruck eben. Die Damen unterhalten sich, verteilen Essen und Trinken, die Herren lesen. Später lesen auch die Damen und ich sehe vor mir ein Buch, auf dem das Wort *Focolari* steht. Ich kratze meine Romanischkenntnisse zusammen, galicisch *fogo* und *lar* deuten auf Herd, Heim, Feuerstelle im weitesten Sinn. Über das Buch wäre es einfach, ein Gespräch anzufangen, aber heute ist mir nicht danach, Neues zu hören, Neues zu lernen. Doch dann hat der Amerikaner gegenüber eine Frage über sein Ziel Salzburg und die Frau neben mir, die eben noch kerniges Tirolerisch gesprochen hat, antwortet in flüssigem und stimmigem Englisch mit eher amerikanischer

Aussprache und Vokabular. Well, here we go! Es stellt sich heraus, dass sie als junge Frau ein Jahr Au-pair in Amerika war und komisch, jetzt geht's auf einmal, seit die Unterhaltung auf Englisch läuft, klinke ich mich ein und wir unterhalten uns über Reisen in den USA und in Europa. Nachdem der Mann in Salzburg ausgestiegen ist, wechseln wir Sprache und Thema und ich erkundige mich nach den *Focolari* und ob die etwas mit Herd und Feuerstelle zu tun hätten. Ja, genau, das heiße Herd, Feuerplatz, um den die Familien sich früher scharten, wenn es zu essen gab oder wenn es kalt war im Winter. Und die Focolari seien eine Bewegung, die versuche, das Feuer der Liebe in den Menschen zu entzünden, eine Bewegung, die in Italien entstanden sei und sich von dort ausgehend in der ganzen Welt verbreitet habe. Und in Österreich gebe es diese Fokolar-Bewegung seit genau fünfzig Jahren und daher gebe es in Wien ein großes Fest, auf das sie sich alle freuten, und ob ich Italienisch könne?

Nein, nein, wehre ich ab, ich hätte mir das vom Galicischen her gedacht, das mit den Focolari. Wir reden und reden, ich erzähle von der Erstkommunion und dass ich mit der katholischen Kirche nichts mehr am Hut habe, ja nicht einmal mehr einen Hut habe, sondern im Gegenteil, die Amtskirche zutiefst verachte. Ja, meint sie, das ginge den Focolari auch so, sie wollten eine lebendige Religion, Freude, respektvollen Umgang miteinander statt Hierarchien, Dogmen und Gewalt. Die Unterhaltung kommt so richtig in die Gänge, die Frau ist neugierig, gesprächig, will etwas wissen, gibt aber auch etwas von sich preis. Ich erzähle von den Töchtern in Wien, sie fragt, warum meine Frau nicht mitgekommen ist – sie sucht ihren

Weg und die Einsamkeit – und woher ich Wien kenne. Dann geht es um die Herkunftsorte, sie kommt aus Hall, ja, schöne alte Stadt mit den wunderbaren Konzertreihen für Neue Musik, aber eigentlich komme sie aus dem Oberland. Ob ich aus dem Ländle sei? Ja, genau, wir wohnen in Heribrand, davon habe sie noch nie gehört. Sie hätten Freunde in Schlins, die hießen Mähr, ja Schlins, ja Mähr, so heiße der Pfarrer unserer Nachbargemeinde, nein, ihre Freunde seinen keine Pfarrer. Mein Onkel wohnt in Schlins, der bekannte Komponist, der Amann. Ja Amann, Amann, da kenne sie eine Familie, da sei sie vor langer Zeit einmal zu Besuch gewesen, aber nicht in Schlins sei das gewesen, sondern in Rankweil! RANKWEIL! Ja jetzt wird's aber spannend. Meine Eltern wohnen in Rankweil, werfe ich ein. Und wo in Rankweil, frage ich, sei diese Familie? In der Ringstraße in Rankweil. Ja, das gibt's doch nicht, meine Eltern wohnen in der Ringstraße. Also, sie kenne da den Meinrad Amann, das seie der beste Schulfreund ihres Vaters gewesen, Gott hab ihn selig. Fast möchte ich aufspringen, sage aber nur: Ja das muss der Rudolf sein, der Rudolf aus Landeck! Dann bist du seine Tochter, die mit dem Afrikaner verheiratet ist? Nein, das ist meine ältere Schwester, die war immer schon etwas radikaler. Wir fassen's nicht: Da sitzen wir in einem Zug mit fünfzehn Waggons und Platz für an die tausend Fahrgäste genau in derselben Sitzbank nebeneinander – die Tochter des Rudolf und der Sohn seines besten Freundes Meinrad, befreundet seit den 1930er Jahren des siglo veinte. Jetzt werden Hände geschüttelt, Vornamen genannt, das Du angeboten und wir werden bis Wien lange nicht fertig mit dem Erzählen von der Demenz und mit dem Erinnern, und umso schmerzlicher ist es jetzt, dass wir damals auf dem Rückweg vom Südtirol nicht mehr in Landeck vorbeigeschaut haben, denn da hätte der Rudolf noch gelebt.

Zu Hause angekommen, mailen wir noch einmal, wer weiß, ob die Verbindung nach Landeck weitergeht?

liebe Birgit:

wie war die fokolari-party in schwechat? hat alles geklappt?
war unglaublich, zufällig neben der tochter des ältesten freundes meines vaters zu sitzen! wenn der amerikaner nicht gewesen wäre, hätten wir als gelernte österreicher vielleicht bis wien kein wort gewechselt … dabei wollte ich schon fragen, worum's in dem buch geht.
auf dem foto ist unsere älteste tocher, Lara und neben ihr die patin von Hanny und eine cousine. das fest war sehr schön, nur getrübt etwas von der tatsache, dass meine frau nicht dabei war, sie sucht im moment ihren weg und die einsamkeit.
ihr seid jederzeit herzlich willkommen am bodensee, wir haben viel platz im haus ohne töchter. meine eltern würden sich auch sehr freuen!
vielleicht schreibst du einmal, wenn's dich freut.
liebe grüße, Klaus

Lieber Klaus!
Danke der Nachfrage und für das nette Foto. Tatsächlich war es eine schöne Zugfahrt mit vielen Überraschungen. Denke gerne daran zurück. Freut mich, dass die Erstkommunion für dich schön war. Ich kann mir vorstellen, dass du deine Frau gerne dabeigehabt hättest. So konntest du wenigstens deine Tochter Lara treffen. Hanny sieht recht glücklich aus.

Die 50-Jahr-Feier der Fokolar-Bewegung war für mich ebenfalls ein besonderes Erlebnis. Bei „unseren" Treffen kann ich immer wieder auftanken, da das Positive des Glaubens mehr zum Tragen kommt und ich in unserer Pfarre das Gemeinschaftserlebnis oft vermisse. Die Botschaft, dass die Liebe alles besiegt, im Vertrauen auf höheren Beistand (auch wenn es im Alltag Schwierigkeiten gibt), macht Mut. Das Leben im Augenblick, immer wieder neu beginnen, die Liebe leben ist eine Herausforderung, macht aber oft glücklich – auf jeden Fall kommt immer wieder Unerwartetes als Geschenk zurück.

Bis zum nächsten Mal mit lieben Grüßen auch an deine Familie, Birgit

JA, WENN DAS SCHIFFERKLAVIER AN BORD ERTÖNT

Eines seiner Hobbys war das Schifferklavier, das Akkordeon, das er bei Festen aktivierte, bei den Verbindungsturnieren der Met-Bruderschaft spielte und mit dem er versuchte, musikmäßig auf dem Laufenden zu bleiben, indem er Beatlessongs und frühe Dylanhits nachspielte. Beide Eltern spielten auch Klavier, mit Vorliebe am Sonntagvormittag, schwere Brocken zum Teil wie Beethovensonaten, Gershwins *Rhapsody in Blue* oder Griegs *Hochzeitstag auf Troldhaugen*, den ich vor Kurzem im Radio hörte und sofort, auch nach fünfzig Jahren, wieder mit jener friedlichen Sonntagvormittagsstimmung verband, in der jemand zwischen Klausuren und Fritteusen, zwischen Übersetzungen und Sonntagstisch für acht Personen, zwischen Autorennbahn und Kindergeschrei die Muße findet, den ersten Satz der *Pathétique* möglichst fehlerfrei und unpathetisch auf einem dauerhaft verstimmten Klavier zu spielen, oder sich bemüht, den kniffligen dritten Satz eines Vivaldikonzerts zu lernen.

Irgendwann kam mein Vater auf die Orgelbausätze. Es hätte auch ein Cembalo zum Selbstbau sein können oder ein Blockhaus, aber irgendwie wurde es eine Orgel, eine elektrische Orgel zum Selbstbau. Der Instrumententeil war kein Hindernis, aber die Elektronik hatte es in sich und wahrscheinlich war noch einmal der Elektroingenieur in ihm erwacht, den er eigentlich studieren hatte wollen, mit zwanzig, nach der Nachkriegsmatura, in Graz. Als ihm die Schaltpläne und Transistorverbindungen mit ihren Dioden und Halbleitern über den Kopf wuchsen, suchte er Hilfe beim Heinz, den meine Mutter *den Werle* nannte, weil sie ihn nicht leiden konnte. Der Heinz nämlich kam abends, wenn endlich etwas Ruhe im oberen Stock eingekehrt war und die beiden Männer studierten die Pläne, besprachen die Vorgehensweise und tranken jeden Abend mehrere Flaschen Bier, auch unter der Woche, der Heinz rauchte dazu eine gute Schachtel, und die beiden löteten in beiderlei Sinn des Wortes bis in die tiefe Nacht hinein. Als wir dann noch draufkamen, dass der Heinz Gitarre oder Schlagzeug spielte, war er ein cooler Hund für uns mit seiner tiefen, ruhigen Stimme und der Fähigkeit, aus unserem grundsoliden Vater einen Nachtmenschen zu machen, der überquellende Aschenbecher und leere Bierflaschen hinterließ. Dabei rauchte mein Vater zu dieser Zeit schon lange Pfeife, und da er am nächsten Morgen Schule geben musste, trank er das Bier eher glas- als flaschenweise. Allzu lange dauerte die Orgelkameradschaft auch nicht, denn zu zweit entschlüsselten sie die geheimnisvollen Pläne doppelt so schnell und irgendwann dürfte das Schlafdefizit meinen Vater zur Alltagsroutine zurückgebracht haben. Die zweimanualige Orgel war fertig, sein ganzer Stolz, und sie wurde sogar bei einem Orchesterkonzert – Albinonis Adagio für Solovioline, Orgel und Orchester – einmal eingesetzt, unglücklicherweise in einer Kirche, wo der künstliche Orgelklang mit der kirchlichen Nachhallzeit zu einer Art Dopplereffekt zusammentraf und zu viel des Guten bewirkte. Ich spielte in diesem Orchester mit, war noch von der Idee, ein großer Komponist der Moderne zu werden, beseelt, und nachdem mein Musiklehrer Domorganist war, machte ich mich an eine Orgelkomposition, die barocker nicht sein hätte können. Mein kleines Idol spielte es auf der großen Domorgel ein und ich schickte das

Band an die Firma mit den Orgelbausätzen, gewann den dritten Preis, einen Bausatz für ein Pedal. Dies freute den Vater, brachte den Werle wieder ein paar Nächte ins Haus und beide vervollständigten die selbst gebaute Orgel dermaßen, dass mein Vater die Toccata und Fuge in d-moll samt Pedal einstudierte und seiner nächsten Maturaklasse als Thema *Happiness is a Homemade Organ* aufbrummte, ein Zitat, das ich so noch nie gelesen hatte. Die Ärmsten hatten da einigen Erklärungsnotstand, nehme ich an, oder wählten ein alternatives Thema. Und bei uns an Bord ertönte nun neben dem Schifferklavier und dem verstimmten Klavier auch eine Orgel.

JA, DANN SIND DIE MATROSEN SO STILL, JA SO STILL

Gestillt wurden wir nie, aber still zu sein, wurde uns als vorbildlich hingestellt. Schweigen war Gold. Still waren nicht nur die Matrosen, die sich nach ihrer Heimat sehnten, sondern auch unser Vater die meiste Zeit. Wahrscheinlich redete er beruflich weit mehr als privat, als Sprachlehrer spricht man ja vor und nach und aus und an, erklärt und interpretiert. Heute ist seine Sprache fast ganz verstummt, er liegt still auf der weißen Couch, vor Madagaskar, und versucht, im richtigen Moment das Richtige zu sagen. Meistens gelingt ihm das auch, selten sagt er *Danke* zur Verabschiedung oder lacht über den Versuch, ihm etwas zu erzählen, Konversation zu pflegen. Ich vermute, er verlässt sich jetzt viel mehr auf den Ton oder den Gesichtsausdruck des Gegenübers, denn auch sein Gehör ist an einem Tiefpunkt angekommen, das Hilfsgerät hat er jahrelang verweigert und wir müssen schon sehr laut reden, wenn er es wenigstens akustisch wahrnehmen soll. Das Verstehen dahinter stelle ich mir als ein weißes Rauschen der Gedanken vor, ein Wandern im Nebel der Gegenwart, der immer wieder für Überraschungen sorgt. Lichtblicke sind Musikstücke, die wie Drehorgeln der Erinnerung von selbst ablaufen, und die Texte des Matrosenlieds und des französischen Kinderlieds, die auf Abruf bereitliegen.

Wie muss das sein, wenn alle rundherum reden, lachen, diskutieren, sich wundern, fragen, erklären, und du kannst nichts mehr davon kapieren, weil die Kapierzentrale gesperrt ist. Du kannst nur noch kopieren, kapieren ist aus.

Vielleicht ist die Stille ein Segen? Das Liegen vor Madagaskar – a song of silence? Das Lied der Stille, das Lied in uns? Ich mag die Stille, ich ziehe sie dem Geplapper und Geplauder und Geschwätz vor. Nicht, dass ich tief gründe, aber ich sehe die Kraft, die in der Ruhe liegt, in der Stille. Unsere Welt ist so betriebsam geworden, so lärmig und geschäftig, überall muss Musik und Berieselung sein. Sogar vor einem Konzert wird man mit einer Konserve beschallt, schon das Wort beschallen sagt alles, es geht nur darum, Schall zu produzieren, Schall und Rauch. Vor einem Konzert will ich mich freuen, das Publikum und den Ort der Aufführung ansehen, etwas trinken oder essen, wenn's denn länger dauert, etwas reden, wenn's was zu sagen gibt, aber um Himmels willen keine Musik aus der Konserve und auch nicht live. Genauso gut könnte man jemandem, der zu einem Festessen geht, noch vorher ein paar belegte Brötchen andrehen. Trinkt jemand vor einer Weindegustation noch schnell einen halben Tetrapack Uhudler? Holt Mann sich vor dem immer kürzer werdenden FünfzigPlusMenopausen-Liebesspiel noch schnell einen runter? Tunlichst nicht! Also – quiet please.

WEIL EIN JEDER NACH SEINER HEIMAT SICH SEHNT

Manchmal fahre ich mit meinem Vater in sein Heimatdorf, wir spazieren ein wenig herum und besuchen meist unangemeldet einen seiner Brüder. Sie sind nicht nur Brüder, auch pensionierte Kollegen, und kommen ob der vielen Freizeit auch manchmal zu ihm, was wir sehr schätzen. Da sie ihn aber nicht so regelmäßig sehen, sind sie gelegentlich überrascht vom Ausmaß seines Vergessens. – Er ist aber weit weg, sagt mein Onkel betroffen. Ja, antworte ich, sehr weit weg. – Kurioserweise fallen mir Kommentare aus der Zeit am Grinnell College Campus ein wie *He's far gone, she's spaced out, he's far out*. In der Post-Hippie-Ära bezog sich das auf die Kräutermännlein und -weiblein, die sich für ein Weilchen der Realität entziehen wollten. Die konnten allerdings wieder zurückkehren, wenn sie wollten oder mussten. Die Demenz hingegen scheint ein *River of No Return* zu sein, ein Styx der grauen Zellen, ein Orkus Memoriae.

Vor Kurzem waren wir wieder in seinem Dorf, um dem Herbstnebel im Tal zu entkommen und ein wenig frische Luft zu holen. Der Nebel war aber so dick und hartnäckig, dass auch das Dorf überm Walgau sonnenlos blieb, und wir fuhren weiter in die Bergdörfer ganz oben. Wenn man ganze Tage im Nebel verbracht hat, ist das Auftauchen aus ihm, dieser Höhenunterschied von zehn bis fünfzehn Metern, ein äußerst positives Erlebnis. Die Sonne wirkte auf meinen Vater wie auf ein Solarpaneel, er wurde gesprächiger und sogar sein Gedächtnis schien einen Anstoß zu spüren. Wir waren im Dorf über dem Felsen angekommen, wo wir vor fünfzig Jahren zelten waren, und als ich das Dorf namentlich erwähnte, sagte mein Vater: Übersaxa – wo die schöana Moatla wachsa! – Wieder ein Reim, der in den Nebelfeldern der Demenz aufgetaucht war, und das Erstaunliche daran war, dass unser Vater – so wie wir ihn kennen – nie etwas über Mädchen gesagt hatte, weder über schöne noch über weniger ansehnliche, das war einfach keines seiner Themen. Nie hätte er uns gefragt, ob wir ein Mädchen hätten, wie denn die Mädel in Wien oder den USA seien oder ähnliche Bemerkungen männlicher Komplizität zwischen Vätern und Söhnen. Mit Mädchen tat er sich überhaupt schwer, er war in einer Männerwelt aufgewachsen, hatte in einem Jungeninternat mit fast ausschließlich männlichen Kollegen unterrichtet, wo ihm ein Scherz wie das *ostfriesische Strohdächlein*, wie er den blonden Schlurf eines deutschen Schülers nannte, nicht weiter übel genommen wurde, während ihm ein solcher bei der besten Schulfreundin meiner Schwester, die überdurchschnittlich groß gewachsen war und aus einem Dorf namens Weiler kam und also scherzhaft als die *lange Weilerin* tituliert wurde, fein danebenging. So beliebt Wortspiele im anglosexistischen Raum sind, so unbeliebt kann man sich damit bei denen machen, die man am direktesten damit beglückt. Weder meine Schwester und schon gar nicht ihre Busenfreundin Alma waren amused.

So spazierten wir knapp über der Grenze des Nebels, der das ganze Tal in ein weißes Leichentuch gehüllt hatte, und freuten uns über die Sonne. In der Ferne erkannte er einen Berg, den er als junger Mann mutig mit Seil und Haken erklommen hatte, die Zimba. Ansonsten aber stockte die Unterhaltung. Fragen scheitern am gelöschten ROM, etwas Längeres und Zusammenhängendes zu erzählen, zerschellt an der schnell erlahmenden Konzentrationsfähigkeit. In die Ferne schweiften also auch meine Gedanken, mir wurde klar, dass ich froh sein konnte, mit meinem Vater über den Nebeln des Alltags zu sitzen und im Spätherbst seines Lebens in seiner Nähe sein zu dürfen. Meine Brüder waren ebenfalls far gone, in weiter Ferne lebten sie, in seiner eigenen Welt der eine, in Wien der andere und in Japan der entfernteste. Proportional zur Entfernung sehnten sie sich auch nach ihrer Heimat, die sie einmal die Woche, zweimal im Semester, zweimal im Jahr sahen. Als Kinder hatten wir schrecklich Heimweh gehabt, schon als wir im Familienferienheim *Maria Rast* am ersten Abend von den Eltern getrennt aßen, kamen uns die Tränen. Als wir mit sechs oder sieben zwei Wochen in ein Kinderferienlager geschickt wurden, *ließen wir jeden Abend Schreie*, wie das laute Weinen im Unterland genannt wird, ein Ausdruck, der mir mindestens so herzlos vorkam wie unsere Verschickung in ein Ferienlager. Aber bald entdeckten wir die abenteuerlichen Seiten der Pfadfinder- und der Ministrantenlager und genossen gegrilltes Gamsfleisch auf einer Tiroler Alpe oder ein nächtliches Seifenkistenrennen mit Fackelbeleuchtung weit mehr als den saftigsten Sonntagsbraten oder eine Familienwanderung zum Sünser See. Das Heimweh war uns bald gründlich vergangen, nach der Matura wollten wir nichts als weg, das Ländle kam uns kleinkariert und spießig vor – was es auch in höchstem Maße war – und wir hatten die Schnauze voll von diesem ABC des Pharisäertums, der Moralinsäure, dem ganzen Morarlberg und unserem Dorf mit seinem alkoholkranken Bürgermeister, der christlichen Doppelmoral, dem ewig falschen Getue, den Heimabenden, dem Idealismus junger Katholen, der Ländle-Mentalität, dem Niedergang von Ö3, den Proporzdirektoren und Quotenfrauen, den rechten Schreihälsen, den Trachten- und Uniformträgern in ihrer Niedertracht und Uniformität, den völkischen Wapplern, die wieder vom Umvolken schwafelten, dem Xi-Bergertum, dem Yellowpress-Niveau der Local-Yokel-Presse und der Zensur. *Woodstock* war im Kino ab 18 zu sehen gewesen, weil ein paar schambehaarte Hippies durch den Gatsch rodelten, *Je t'aime* war im *subra* Ländle im Radio verboten worden, weil Jane Birkin zwischen schwülstigen Hammondorgelklängen stöhnte, als ob ihr Serge Gainsbourg eine Tantramassage mit dem Mikrofon verabreichen würde. Sogar der Twist war verboten worden in dieser hypokriten Redneckregion, wo die Intellektualität auf Pfahlbauten hauste.

Und dieselbe katholische Zensur fand nichts dabei, dass in christlichen Internaten geprügelt und geschlagen wurde, dass die schwarzbraune Nazipädagogik vergangener Jahrzehnte mit Schulhofappellen, Marschliedern und vor allem physischen und psychischen Erniedrigungen aller Art fröhlich weiter betrieben wurde. Fröhlich ging es denn auch unter unserem Volksschuldirektor zu, der einen eigenen Bambusstab zur Züchtigung vor allem jener Kinder bereithielt, die man heute politisch korrekt in bildungsfernen Schichten ortet und von denen man schon immer wusste, dass sie sich schlecht wehren können. Fröhlich drosch dieses klein gewachsene Männlein, das keineswegs dem Ideal des deutschen Recken entsprach, auf die Buckel und Seelen der wehrlosesten Schüler ein, deren Stimmen nur dann erklangen, wenn sie den Schmerz nicht mehr aushielten. Die schlimmsten Züchtigungen wurden in der großen Pause durchgeführt, damit die anderen Schüler möglichst wenig davon mitbekamen. Die Züchtigung diente der Zucht und der erzwungenen Stille. Wie die Matrosen waren dann auch die Schüler so still, ja so still und sehnten sich nach einer Heimat ohne Tatzen, ohne Kopfnüsse, ohne Anschreien, ohne Haareziehen, ohne Schlüsselbünde und ohne Prügel im leeren Klassenzimmer. Still waren die verprügelten Kinder auch zu Hause, die meisten Eltern hätten den Strafvollzug des Lehrers nicht nur verstanden, sondern auch noch nachgedoppelt. Es *musste* ja einen Grund gegeben haben!

Ich hatte das Glück des Dummen und lernte das Lesen und Schreiben bei einem freundlichen und gutmütigen Lehrer W, für den die Grundvoraussetzung fürs Lernen nicht die Stille war, sondern die Neugier.

DIE ER GERNE EINMAL WIEDERSEHEN WILL

Kein Wunder, dass der japanische Bruder am stärksten mit der heimatlichen Scholle verbunden ist, da er am Ende eines Riesenkontinents wohnt, von wo aus Europa wie ein Appendix, ein Wurmfortsatz des Giganten Asia aussieht, während wir immer gedacht hatten, Japan seie ein Ohrhänger Sibiriens oder ein Inselkettchen vor China. Jetzt, von dieser anderen Perspektive aus gesehen, kommt mein Bruder gerne nach Hause, ein, zwei Mal im Jahr, und ich kann das bestens verstehen. Das Land könnte unsereinem fremder kaum sein, obwohl es auch eine faschistische Vergangenheit hat, obwohl es auch sehr konservativ ist, obwohl die Japaner auch klassische Musik verehren und mit dem Sound-of-Music-Virus infiziert sind, obwohl die Japaner auch Schi springen und jetzt auch noch tschutten – oder vielleicht gerade deswegen. Ich stelle es mir schrecklich vor in Japan zu leben: Die Sprache hat etwas Feldmarschallisches, abgehackt Metallisches im Klang, die Städte sind Abziehbilder US-amerikanischer Suburbia und Superbia, das Leben dreht sich um die Wirtschaft, um den Yen und den Nikkei-Index. Dazu noch schlachten die Japaner die letzten Wale und Gelbflossenthunfische ab, zu Forschungszwecken, wie behauptet wird, dabei erforschen sie wie man diese höchst gefährdeten Tiergattungen am besten ganz ausrottet. Und dann noch das Klima: die Winter kalt und verregnet, die Sommer schwül, feucht und verregnet, dazwischen eine kurze Zeit der Kirschblüte im Frühling und der Pfirsichernte im Herbst, in der das Wetter erträglich ist. Was Japan rettet, sind die Japaner: Die wenigen, die ich kenne, sind liebenswürdig, aufmerksam und äußerst freundlich, etwas schwer zugänglich, was auch an der Sprachbarriere liegen mag.

So kommt mein Bruder Sommer für Sommer ins Ländle, das in Studentenzeiten eine große Zielscheibe seines Spotts gewesen war, und genießt alles, was es in seiner Präfektur nicht gibt, und weil er sich nach seiner Heimat sehnt, die er gerne einmal wiedersehen will. Er residiert im Hotel Mama, aus praktischen und aus Kostengründen, gibt sich Familie intensiv, trifft Freunde und Verwandte, kostet sich durch die Bierwelt des Sternbräuwirts und hält kleine Landeskundevorlesungen, Privatissima sozusagen, deren Stichhaltigkeit hier niemand überprüfen kann, sodass wir höchstens mal ein wenig sticheln, wenn die Vorträge längenmäßig ausufern. Er raucht jedes Jahr lighter und auf einen geselligen Hock mit gehörigem Hopfen&Malz-Konsum folgen jetzt zwei Abende Schonung.

Unsere Eltern freuen sich immer sehr auf den Sommer, ein paar Wochen oder wenigstens Tage lang ist es wieder wie früher, alle Geschwister sind da, jetzt noch ein paar Enkelkinder. Da unsere Eltern sich voll und ganz ihren eigenen Kindern gewidmet hatten, waren sie an einer intensiven Beziehung zu ihren Enkeln weniger interessiert als andere Großeltern, die für ihre eigenen Kinder keine Zeit hatten und dieses Defizit bei ihren Enkeln wiedergutmachen möchten. Schon bevor wir Kinderlein in die Welt setzten, sagte unsere Mutter gerne: Um eure Kinder könnt ihr euch dann selber kümmern. – Sie hatte mit fünfen ihre Schuldigkeit getan. Meine Schwiegermutter hingegen, die ihr Berufsleben lang ein Arbeitstier gewesen war und kaum Zeit für ihre Tochter gehabt hatte, war in der Pension ganz vernarrt in die kleinen Enkelinnen und würde ihren rechten Arm dafür geben, wenn sie mehr Zeit mit ihnen verbringen könnte. Ganz besonders freuten sich meine Eltern auf den verlorenen Sohn, um den dann auch immer wieder ein alttestamentarisches Tamtam gemacht wurde, vom goldenen Datum des Ankunftstags über eine Neuerung in der Wohnung bis zum audienzähnlichen Empfang, zu dem ein Zicklein geschächtet worden wäre, hätten wir noch in Zelten gehaust, so wurde halt der Laugi geschichtet, der Sekt eingelagert und das Bierdepot verdoppelt.

Irgendwann fuchsten mich diese Rituale, weil wir das ganze Jahr über da waren, alles Mögliche erledigten, und wenn der Hut brannte, zur Stelle waren, und ich machte mich in den ersten Tagen der Milch-und-Honig-Woche entbehrlich, was zwar kindisch war, aber guttat. Und irgendwann kam ich drauf, dass wir gerade den Sommer verreisen und die Obsorge entspannt den entfernteren Geschwistern überlassen konnten, deren Hotel-Mama-Aufenthalt langsam in eine 24-Stunden-Betreuung überging, da sie ja auch dort nächtigten. Sie sehnten sich nach Hause, wir sehnten uns nach der Ferne, bereisten in dieser Zeit Ecuador und Kolumbien, Nepal und Namibia.

So your dad's losing his mind and you're scared shitless, würde Jerome sagen, mein Freund aus Chicago, den ich alle zehn Jahre sehe, wenn's gutgeht, der aber gut zuhören kann und Situationen schnell erfasst. Ja, mir geht der Reis, wenn ich daran denke, dass wir gute Chancen haben, auch dieser Erbschaft des sich schleichenden Gedächtnisses anheimzufallen, und das Gehen des Reises entbehrt hier jeglichen Kicks. Wer wird der Erste sein, der aus dem faulen Fass säuft, dem die morschen Synapsen davonbrechen, dessen Geist einer Geisterstadt aus zwei Liedern und einem Gedicht gleicht, nicht einmal mehr einem ganzen Gedicht, nur noch einer angeknabberten Strophe?

Was kann man tun, um dem Gedächtnisverlust zu entkommen? Bewegung und Sport? Mit zwei Schistöcken bei 30° plus oder minus nordisch herumhirschen, mit grauen Schläfen im grauen Trainer im grauen Keller gegen das Laufband anrennen – grauenvoll –, mit zwei bleistiftschmalen Latten auf einer vorgefrorenen Spur am Eisweiher vorbeiloipen? Dazu braucht man viel Disziplin und Überwindung. Am besten vielleicht sich rechtzeitig bei der Seniorengymnastik eintragen, da ist ein soziales Element dabei, da sieht man, wie schlecht es anderen geht, und da ist man in professioneller Hand und der Trainer sagt dir: Lass gut sein, für heute reicht's.

Was kann man tun, um das Erinnern zu stärken? Vorwärts und nie vergessen: lesen, weitererzählen, Liedtexte auswendig lernen, Monologe wiederholen, alle Schüler des Maturajahrgangs 2006 zusammensuchen, 24 an der Zahl, Gedichte lernen, Quizsendungen mitverfolgen, Vokabeln in verschiedene

Sprachen übertragen, Zeitungen lesen, Filme ansehen, Kochrezepte auswendig lernen und blind nachkochen, singen, Musikstücke auswendig spielen. … *take me disappearin' through the smoke rings of my mind down the foggy ruins of time, far past the frozen leaves the haunted, frightened trees, out to the windy beach far from the twisted reach of crazy sorrow. Yes, to dance beneath the diamond sky with one hand waving free silhouetted by the sea, circled by the circus sands with all memory and fate driven deep beneath the waves let me forget about today until tomorrow …* Google erinnert: Das wär die richtige Lösung gewesen, die Strophen verschwimmen ineinander, let us forget about today until tomorrow.

Googeln heißt mogeln, aber es hilft gewaltig. Das Netz als kollektives Gedächtnis der Menschheit. Auf jedem Laptop ist heute mehr gespeichert, als sich jemals ein Mensch merken konnte. In einer dickeren Wochenendausgabe einer lesbaren Tageszeitung ist mehr Information enthalten, als unsere Großeltern in ihrem ganzen Leben erfuhren. Einerseits. Andererseits erzählt uns meine Schwester, dass eine Kollegin in der Schule ausfallen wird, in Frühpension gehen muss. Diagnose: Demenz. Fünf Jahre vor der Pension. Seit über einem Jahr spricht sie ihre Kollegen mit falschen Namen an, geht in falsche Klassenzimmer, weiß keine Woche, welche Gruppe sie diesmal hat. Nicht gerade ermutigend.

Querida Demencia: *I'll let you pass, and I go last. And time will tell just who fell and who's gonna left behind …*

DER SOFF AUS DEM FAULEN NASS

Ich soff, du soffst, er soff, wir soffen, ihr sofft, sie soffen … Ich faulte, du faultest, er faulte, wir faulten, ihr faultet, sie faulten … Ich nässte, du nässtest, er nässte, wir nässten, ihr nässtet, sie nässten … Was nun? Der Fisch beginnt am Kopf zu stinken, das Schiff beginnt am Koch zu faulen, der Koch beginnt am Nass zu saufen. Was soffst du, nasse Sofie?

Aus dem faulen Nass soff auch das Gedächtnis meines Vaters, es war der Schiffskoch sozusagen, der den Menschen mit geistiger Nahrung versorgte. Jetzt liegt er auf der faulen Haut vor Madagaskar. Dabei sind die Madegassen überhaupt nicht faul, und ein bisschen Fäule ist ja ganz gut, ist in fast allen Genüssen unseres Daseins da, in Wein und Bier, die ja erst einmal gären, also leicht anfaulen müssen, um sich zur vollen Reife aufzuschwingen, im Käse, der ein wenig schimmelt, um an Kraft zu gewinnen, im Speichel, in allen Körperflüssigkeiten gärt und fault es ein wenig. Ein Grund auch, warum viele Genüsse mehr oder weniger kräftig riechen, Sex, Sport, Tabak, Schlaf. Alles hat seinen Geruch. Ein bisschen faul ist gut. Nichts tun zu können, ist die Kunst. Abschalten kann lange nicht jeder. Multitasken hingegen kann schon jeder Politiker heute: gleichzeitig reden, lügen, auf seinen Vorteil schauen, in die Kamera grinsen, vom Einsager ablesen und die im Rhetorikseminar eingelernten Gesten einigermaßen mit den falschen Versprechungen koordinieren, das flutscht denen so richtig heraus. Das verdammte Multitasken: Vielleicht war es gut, dass meine Vater gar keine Bekanntschaft mit dem Computer mehr schließen wollte. Ich verzettle mich jeden Tag mit dem Rechner, verbeiße mich in meinen Apple, eie mich in meine Ei-Fotos ein, imehle mit meinem Korrespondentenkreis, öffne Wörd, um mich auf den Unterricht vorzubereiten, und sörfe und gugle, was der Ährport und das Rutermodem hergeben. Abends wird noch mit den Töchtern in Wien und Paris geskaipt, dass einem Hören und Sehen nicht vergeht oder teuer zu stehen kommt.

Ich muss das wieder lernen: nur Wörd aufzumachen und mich eine geraume Zeit lang nur auf die Wörter zu konzentrieren. Denken und schreiben. Oder nur die Post zu lesen und zu beantworten. Wahrscheinlich geht das gar nicht mehr: zu verlockend ist es, ein wenig zu schreiben, eine Vokabel, einen Ausdruck nachzuschauen (heißt es: es vergeht einem Hören und Sehen, oder: Sehen und Hören?), die mit dem U-Boot-Ton hereinkommende E-Mail zu lesen, den beigefügten Link zu öffnen, das mitgeschickte Foto anzusehen und einen Termin im Kalender einzutragen. Dabei fällt mir gleich noch ein, einen Flugtarif bei verschiedenen Anbietern zu vergleichen, bei meinem E-Bank-Schalter (bei mir selbst) vorzusprechen, und der Nachmittag ist gelaufen. Shit. Shit happens. Aber nicht jeden Nachmittag. Abends stelle ich fest, dass es nichts Erfreulicheres gibt, als zwei Stunden am Stück Musik zu machen, ohne Ablenkung, ohne Clickediclick, Griffbrett statt Hackbrett, Mikro statt Maus, ohne Netz. Darum habe ich auch so gerne Hallenfußball gespielt und bin laufen gegangen. Das sind 60 Minuten am Stück, mit Vor- und Nachbereitung 120, zwei Stunden voll bei etwas dabei sein. Voll auf die Knie dreschen, bis der Meniskus abwinkt.

DIE PEST GAB IHM DAS LETZTE

An die letzten Dinge will ich nicht rühren. Zurzeit sind allerlei Jenseitsberichterstatter unterwegs, die Grenzwertiges gesehen und erlebt haben wollen. Dabei gibt es im Diesseits genug zu sehen und es gäbe auch genug zu tun. Was hat meinen Vater in diese Schräglage vor Madagaskar gebracht? War am Beginn der Infarkt vor fast 25 Jahren, der mit Medikamenten und verbotenen Anstrengungen nicht wirklich behandelt wurde? War es die Kombination aus Bewegungsarmut und kräftiger, ländlicher Ernährung im Trio mit der gesteigerten Medikamentendosis? War es ein kleiner Hirnschlag, in unserem Dialekt verniedlichend als *Schlägle* und von einem umgesattelten Lateinkollegen als *apoplexia minor* bezeichnet, der einen Sturz vom Fahrrad mit anschließendem Aufenthalt im Krankenhaus auslöste, gewesen, der die Demenz so richttig ins Rollen brachte? War sein eigener Starrsinn mitbeteiligt, kein Hörgerät zu verwenden, nur wenige gesellschaftliche oder individuelle Aktivitäten in der Pension zu entwickeln, um seiner großen Freiheit einen neuen Sinn zu geben? Oder waren es die ewigen Differenzen mit unserer Mutter, die zu ewigen Aufforderungen, Kommentaren und Jammereien führten, die ihn irgendwann resignieren ließen? Ich weiß es nicht, vielleicht ist es besser, nichts Genaues zu wissen. Wahrscheinlich ist Demenz erblich, dann gute Nacht, ich bin meinem Vater ähnlicher als irgendjemand in der Familie, my father, myself.

Immerhin hat mein Vater schon 25 Jahre seiner Pension genossen, einer sehr guten Pension. Viele seiner Lehrergeneration hatten so viele Überstunden angesammelt, als sie in jungen Aufbaujahren dreißig und mehr Wochenstunden unterrichteten, also sechzig und mehr Stunden arbeiteten, dass sie mit dem vollen letzten Gehalt in den Ruhestand gingen. Erfreulicherweise genießt er diese Pension auch schon zehn Jahre länger, als es aus der damaligen Perspektive lebenserwartet wurde, man ging von einer durchschnittlichen Pensionsdauer von fünfzehn Jahren aus. Mein Vater hat einiges unternommen in seinen längsten Ferien, dieses und jenes renoviert, für ein Projekt der Entwicklungshilfe Briefe übersetzt und gespendet – nicht nur Wortspenden –, seine sich globalisierende Familie in Wien, Spanien und Japan besucht, auf Korsika Urlaub gemacht und den Major Hill eingeladen, der gut fifty years after die Stätten der Befreiung und Besatzung wiedersehen wollte, obwohl sie nicht seine Heimat waren. Die Küche ausgemalt, das hinterste Zimmer isoliert, das Bad verfliest. Verfliest und zugenäht. Versiegelt, denn es durfte nachher nie mehr verändert werden, laut unserer Mutter, weil das noch der Papa verfliest habe.

Das Bad: nur eines jener Themen, aus denen unsere Mutter Dauerbrenner machte, deren Diskussion so unnötig wie ermüdend war. Das Bad, die Rechnung vom Würbel, das Eisenbahnzimmer, der Durchbruch, die großen Dramen in der kleinen Welt hinterm Berg. Eine fatale Mischung aus Opportunismus, Starrsinn und Altersgeiz machte aus den Dingen, die das Alter zumindest leichter machen könnten, endlose Dramolette, in denen unsere Mutter ihren dementen Mann als Ursache aller nicht mehr machbaren Dinge vorschob. Aber davon später noch mehr, ich schweife ab, ich war bei der Pension.

Was mein Vater in der Pension nicht mehr schaffte, war, wie gesagt, einen neuen Sinn für so viel Zeit zu finden. Bisher hatte er von Sonntagabend bis Samstagnachmittag vorbereitet, unterrichtet, korrigiert, gelesen, war in die Akademie gefahren oder in das schmucke Palais, in dem er die Amerikaner unterrichtete, hatte den Rasen gemäht, das Auto gewaschen, jemanden zum Bahnhof gebracht, etwas übersetzt oder einen Brief geschrieben, an Konferenzen teilgenommen. Immer in Hemd, Anzug und Krawatte, außer im Garten und beim Autowaschen. Daran sehe ich, dass er nie wirklich in Pension sein wollte, er zog noch zwanzig Jahre nach der Pensionierung Hemd und Krawatte an, Tag für Tag, Jahr für Jahr. Erst die Demenz ließ ihn den ganzen Tag im Schlafanzug herumlaufen, in Socken aus dem Haus gehen, die Hose beim Gehen verlieren und zwei Wochen im selben Hemd daherkommen.

Und unsere Mutter weigerte sich, ihm Hosenträger zu kaufen! Monatelang sagte sie zu ihm: Du verlierst ja die Hose, nein, wie du wieder daherkommst! – Und wenn ich sagte, da gebe es eine sehr praktische Erfindung, den Hosenträger, dann hieß es nein, das seie ein altmodisches Klump, das sehe ja schrecklich aus und es seie lästig zum Anziehen. Wenn wir im Dorf spazieren gingen, musste mein Vater immer wieder die Hose hinaufziehen, der Gürtel war zu wenig, da er unter seinem Bäuchlein rangierte und dem erdigen Zug der Hosen nicht standhalten konnte. In einem kleinen Dorf im Südtirol, wo wir einen spontanen Wochenendausflug zum Meraner Cousin meiner Mutter machten, wurde es mir einfach zu bunt, wir gingen in ein Kleidergeschäft, ließen uns Hosenträger in allen Farben und Modellen zeigen, und nachdem die Beratung durch eine aufgestellte Verkäuferin auch noch zur Unterhaltung beigetragen hatte, bestand meine Mutter sogar darauf, die zehn Euronen *selber* zu bezahlen, weil es ja schließlich *Papas Geld* seie.

War das früher auch so gelaufen? Was hätte er sonst aus seiner Pension machen können? Hätti-wäri-täti hilft ihm nichts mehr, aber man kann sich ja den Kopf anderer Leute besser zerbrechen als den eigenen. Wie wäre es gewesen, wenn er seine Erlebnisse aus den Kriegszeiten aufgeschrieben hätte, von Hand, am PC oder an der alten Schreibmaschine? Wenn er den Dachboden im Sommer isoliert hätte, das war sein alter Traum, denke ich, es war ein ganzes Stockwerk, das im Sommer stickig heiß und im Winter glitzernd kalt war, direkt unter dem Dach, ohne Glaswolljacke sozusagen. Das wäre eine Lebensabendaufgabe für ihn gewesen, aus diesen gut hundert Quadratmetern ein Spielzimmer zu machen für die Eisenbahn, einen Fitnessraum für den Winter, eine Bibliothek der abgehangenen Bücher, ein Depot unserer Jugendhinterlassenschaften, eine Orgelecke, eine Leseoase. Durfte er nicht, konnte er nicht, wollte er nicht? Setz das richtige Modalverb ein (3 Punkte). Wenn er wieder einen Spezi gefunden hätte wie den Heinz, mit dem er die Eisenbahn digitalisieren hätte können? Wenn er einen Abendkurs in Französisch an der lokalen Volksbildungsstätte angeboten hätte oder einen Kurs mitgemacht hätte im Krippenbauen, Seidenmalen oder Bierbrauen? Er beschäftigte sich mit allen möglichen Dingen, nur, meistens allein. Er lernte Japanisch, alleine. No fun. In einem Kurs wäre das wesentlich unterhaltsamer geworden. Zu sich selber *Kon-ni-chi-wa* zu sagen, ist auf Dauer ungesund. Das Japanische zu lernen, ist an und für sich schon belastend. Diese harten Silben. *Guten Morgen* klingt wie eine Kriegserklärung an die Mongolei. *Lächle mal* tönt wie *Hände hoch*! In einer Gruppe oder mit einem Japaner, noch besser mit einer Japanerin, wäre das sicher heiterer gewesen. Natürlich verleideten ihm die Selbstgespräche die Sprache, sie ist ein Kommunikationsmittel, das darin besteht, sich mit anderen zu unterhalten. Mein toter Freund Mark, dem ich unter anderem die Entdeckung des Spanischen und indirekt meinen Beruf, meine Frau, meine Publikationen und meinen Hang, mich zu verzetteln, verdanke, dachte auch, er könne Spanisch alleine lernen, mit Schallplatten und Büchern. Sein Argument gegen einen Sprachkurs war, dass es doch saudumm seie, in einem Kurs, in dem sich alle namentlich kennen und aus demselben Land seien, zu fragen, wie sie hießen und woher sie kämen, wenn das doch jeder wisse. Wir hatten uns vorgenommen, für eine sechswöchige Reise nach Mexiko Spanisch zu lernen, in einem Semester, ich im Intensivkurs, er mit den Büchern und Schallplatten. Er wollte nur den besten aller Spanischlehrer, Miguel Cervantes himself, und lernte mit dem original *Quijote* links und einer amerikanischen Übersetzung rechts Kastilisch. Es gab damals noch kein Instituto Cervantes, aber die hätten ihr Institut nicht nach seiner Methode benannt, denn am 24. Dezember, im Zug dritter Klasse von Nuevo Laredo nach México Ciudad stellte sich heraus, dass Freund Mark keine zwei Sätze von Herrn Cervantes gelernt hatte und ich mich jetzt als gutmütiger Sancho Panza ums Kommunikative kümmern musste, alle Missverständnisse ausbaden durfte und mein Grundkursspanisch Spanish 101 (Wanowan) an Schaffnern, Tamalesverkäufern, Stationsdurchsagen und Drogenanbietern testen konnte. Bei den wöchentlichen Vokabel- und Grammatiktests hatte ich stets meine straight A's eingefahren, war zum ersten Mal Klassenprimus gewesen in 23 Jahren, aber jetzt war der mündliche Teil der Prüfung, die Orals sozusagen. Den Dialogteil mit den Peyotedealern bestand ich insofern, als ich mich herzlichst für all die großzügigen Angebote bedankte, sie aber aus Bargeldmangel ausschlug. Sogar mir Parzival war klar, dass wir aus einem Pilz- oder Peyotehöhenflug irgendwann, irgendwo und irgendwie ohne Geld, Pässe, Kamera und Gepäck aufwachen würden, und sicher nicht dort, wo wir denn hinwollten. Der Test des Hörverstehens über die Bahnhofslautsprecher in Monterrey hingegen fiel weniger günstig aus. Ich wunderte mich, warum plötzlich der Großteil der Mitreisenden den Zug verließ, da ich die Durchsage nicht verstanden hatte, die empfohlen hatte, auf einen anderen Zug auf einem anderen Gleis umzusteigen, der unser Ziel, den Zócalo der Bundeshauptstadt, noch am selben, heiligen Abend erreicht hätte. So kamen wir im Regionalzug am frühen Morgen des Weihnachtstags 1981 gerädert im Distrito Federal an und schliefen erst mal ein paar Stunden in einer billigen pensión. Und entdeckten neue und wundersame Facetten der 1001 Amerikas.

Carajo, ich komme schon wieder vom Pfad des Erzählens ab. Was mein Vater am beständigsten betrieb in der Pension war das Lösen des schwierigen Kreuzworträtsels in seiner bevorzugten Tageszeitung. Irgendwann nach Jahren hatte der Aufgeber dieses Rätsels die tägliche Erstellung desselben aufgegeben und die Zeitung suchte per Wettbewerb einen Nachfolger für die fünf Wochentagsrätsel. Mein Vater beteiligte sich an der Ausschreibung, kam aber nicht zum Zug. Da es sehr viele Interessenten gegeben hatte, wurde für das leichtere Wochentagsrätsel ein

Damenteam aus der Asche gewählt, während das schwierigere Samstagsrätsel bei Herrn Vesely blieb, der auch fast jeden Samstag eine Perle vor die Um-die-Ecke-Denker legte. Auch so eine Aufgabe hätte Vaters Pension mehr Freud gegeben, eine Hausaufgabe für den Lebensabend. Alas, it wasn't.

UND WIR IHM?

Meistens wenn wir unsere Eltern besuchen und meinen Vater fragen, wie's ihm geht, sagt er: Mir geht's gut, ich bin zufrieden! – Was können wir ihm noch geben? Was sind die letzten Dinge? Ein wenig Zeit, ein wenig Aufmerksamkeit, ein großer Milchkaffee, ein Topfenstrudel, ein Spaziergang, die fehlenden Strophen eines Gedichts, die wacklige Zeile vor Madagaskar, ein Applaus fürs Klavierspielen, ein Lachen, ein Foto und die Geduld, die Madagaskarstrophen noch einmal zu akzeptieren, durchzuhalten, mitzusingen. Das sind die letzten Dinge, leider, ich hätt's auch gerne ein wenig spiritueller, ein wenig transzendentaler, hoffnungsvoller, aber statt der Ölung wird's ein guter Tequila auch tun, statt der Transzendenz ein Blick zurück und aus der Hoffnung wird bestenfalls Asche, aus der kein Phönix mehr steigt. Wenig, ziemlich wenig geben wir als Letztes, ganz sicher nicht das Letzte. Wir sind beschäftigt, wir haben zu tun, wir müssen noch einkaufen, wir wollen verstehen, wir müssen weiter, wir sausen langsam wieder, wir müssen noch tanken. Wir wohnen weit weg, wir rufen noch an, wir melden uns wieder, wir sehen uns im Sommer, wir kommen auf Neujahr.

Könnten wir mehr tun? Als ich Mutters Gejammer wegen des Eisenbahnzimmers satthatte, fragte ich meinen Vater ganz direkt: Macht es dir etwas aus, wenn wir die Eisenbahn abräumen, alle Schienen und Gebäude in Schachteln verstauen und die Lokomotiven, die schönsten Waggons und die ansehnlichsten Gebäude in zwei oder drei schmucken Vitrinen ausstellen? Dann gibt es Platz für ein Bett, Mamas Kleider und ein Gästezimmer für die Kinder im Sommer.

– Mein Vater war sofort einverstanden, so wie mit fast allem, was ich ihm vorschlug. Sicher war ihm nicht ganz klar, was da genau vor sich gehen würde, aber es klang gut genug, um ja zu sagen, wie zu einem Spaziergang oder einem Stück Topfenstrudel. Trotzdem hatte Mutter noch hundert Einwände, von den Kosten angefangen bis hin zu dem Vorwand, es seie ja nicht ihr Geld, sie könne das nicht alleine entscheiden. Dann kamen die Ferien, ich hatte Zeit, bestellte einen Container, ein Neffe bot seine Hilfe an, ich hatte schon zwei Vitrinen besorgt und montiert und rechnete mit zwei ganzen Tagen für die Aktion. Die Schwester unterstützte mich wie meistens in praktischen Dingen, organisierte Schachteln und Beschriftungsmaterial, half tatkräftig mit – so wie wir uns immer unterstützen, wenn es um die Lasten des Alltags im Elternhaus geht. Das Zimmer war mit zwei Anlagen bis auf den letzten Dezimeter angefüllt, sie standen auf alten Kommoden, und auf den zwei Mikrokosmen gab es Tausende Figürchen, Autos, Tannen, Gärten, Räder aller Art, Lichter, und unter den Anlagen Hunderte Kabel und Stecker, die wie die Nervenzellen im Gehirn meines Vaters keine Kontakte mehr miteinander hatten, keine Reaktionen mehr auslösten, keine Verbindungen herstellten. Aus der wundersam heilen Welt der Eisenbahn war ein unzugängliches, beinahe zugemülltes Abstellzimmer geworden, in dem das Fenster nicht mehr geöffnet werden konnte und nachts die Mäuse tanzten.

Als Kinder hatten wir vor allem zu Weihnachten die Neuerwerbungen für die Eisenbahn bestaunt, eine Sägemühle, die nicht nur Holzstämme ratternd zersägte, sondern auch noch von einem Mühlrad mit Wasser betrieben wurde. Wie in der richtigen Welt löste der Zug nach dem Tunnel die Schranken aus, die sich bei blinkendem Rot schlossen, die Autos mussten stehen bleiben und der Schnell- oder Güterzug donnerte vorbei. Als wir ins Rennbahnfieberalter kamen, wurden uns die Züge zu langsam und wir ließen die Autos auf dem Bahnübergang genüsslich in die Schranken krachen, die meine Vater sicher mehrere hundert Male notoperierte, zusammenklebte, neu bestellte, aus Altbeständen zusammenflickte, nie wütend oder verständnislos, immer besorgt, dass die Anlage wieder komplett, heil und ganz werde.

Fünfzig Jahre lang hatte mein Vater die Bahn immer wieder auf- und abgebaut, erweitert, verbessert, umgebaut und der schließlich definitiven Fassung im Eisenbahnzimmer zugeführt. Der Container wurde an einem Freitagnachmittag zugestellt, etwa vier Meter vor das Fenster des Zimmers und etwa drei Meter vor das Terrassengeländer im Hof. Mein Neffe kam Samstagfrüh und die Anlagen, die in mehr als vierzig Jahren organisch gewachsen waren, füllten nach etwas mehr als vier Stunden die Vitrinen mit ihren Prunkstücken, einige große Kartonagen mit ihren Schienen, Trafos, Kabeln, Steckern, Weichen, Stellwerken und Gebäuden, und mit dem Rest füllten wir den Container. Beinahe lustvoll warf mein Neffe, ein kräftig zupackender Medizinstudent, die schweren Kommoden von der Terrasse in den Metallbehälter im Hof, die eine oder andere Schublade vom Fenster aus, zu dem es endlich wieder einen Zugang gab. Ich erinnere mich deswegen so gut daran, weil es das erste und einzige Mal war, dass ich mit meinem Neffen etwas gemeinsam machte, das einerseits einem großen Tabubruch gleichkam und schon kurze Zeit später vor allem den Eltern sehr zugutekam. Wir konnten wieder beide Fensterflügel öffnen und endlich war das Zimmer leer, mein Vater kam vom Lärm angelockt mehrere Male herein und schaute erstaunt den Veränderungen zu, freute sich an den Vitrinen und schien das Verschwinden einer seiner kleinen Welten nicht mehr oder anders zu registrieren als das Öffnen der Post oder das Einordnen der Tabletten. Für ein paar Minuten, vielleicht Sekunden nur, war es interessant, dann ging er wieder nach Madagaskar. Wie immer, wenn es konkret etwas zu tun gab, war auch meine Schwester zur Stelle, mit Schachteln, Tipps, Handwerkern und Gestaltungsvorschlägen für die Leere, die uns das Zimmer geworden war. Schließlich war es einige Jahre ihr Zimmer gewesen, ihr Jungmädchenzimmer, ihre Teeniehöhle, ihre Studentenbude. Ausgemalt und mit einem schmucken Parkettboden ausgestattet, weckte das Zimmer verschiedenste Begehrlichkeiten, ich klopfte und schraubte ein schwedisches Hämmerst-du-noch-oder-wohnst-du-schon-Bett und zwei I-find-des-supa-Kleiderkästen aus dem unteren Preissegment zusammen, doch noch bevor sich jemand anders längerfristig darin einnisten konnte, war das Zimmerchen für die slowakischen Betreuerinnen notwendig geworden. Da fuhr die Eisenbahn drüber.

III

IL PLEURE DANS MON CŒUR

Äs waint in mainem Ärzen. God, how I used to hate French. The French frogs. Los franchutes. Es gab eine Zeit, da konnte ich Französisch und Fronkreisch und die ganze Frankophonie – ich hörte nur Kakophonie – nicht leiden. Eine Schande, bedenkt man, dass unser Vater Franzelehrer war, der japanische Bruder vom Frankophonen und -philen lebt, meine Mutter als einzige Fremdsprache Französisch gelernt hat und die Töchter sechs und sieben Jahre das gallige Gallisch der Nachfahren der Asterixe und Obelixe in der Sekundarstufe erwarben. Dabei waren unsere Startbedingungen bestens: in den Nachkriegsjahren, aus denen wir kommen, war Frankreich eine der Siegermächte gewesen, Österreich und Deutschland mussten sie bei ihm entschuldigen und Horden von Kindern und Jugendlichen wurden ausgetauscht, damit die Schandtaten der braunen Khmer sich nicht mehr wiederholen würden, und sogar unser *subres* Ländle musste zehn Jahre von französischen Soldaten unter Quarantäne gestellt werden, damit die alten Nazis mal sehen konnten, dass dunkelhäutige marokkanische Krieger – Brown Berets, sozusagen – auch Menschen waren, Brüder sogar, die sie wieder auf den richtigen Pfad des toleranten Zusammenlebens brachten. Die französische Besatzung brachte natürlich auch Kultur und Sprache mit und in den sechziger Jahren, als die Quarantäne schon längst aufgehoben war und alle Vorarlberger Nazis rein gewaschen, ideologisch entlaust und wieder in den traditionellen politischen Parteien untergekommen waren, hatte Frankreich vielerlei Sympathien erworben.

Mein Vater studierte Französisch neben Englisch, musste aber bei null anfangen, während er ja durch die Geschicke seines jugendlichen und sicherlich traumatischen Sturmeinsatzes und mit viel Glück den Engländern in die Hände gefallen war, wo er sein Englisch wie in einem weit vorgezogenen Exchange Programme enorm verbessern konnte. Um diesen Vorsprung vor seinem Französisch wettzumachen, verdingte sich unser Vater als Sprachassistent in der Normandie, wo er ein Jahr lang Deutsch an einem Lycée unterrichtete. Da er unsere Mutter schon so gut kannte, dass er dieses Jahr nicht mehr alleine verbringen wollte, entschlossen sie sich, den familiären Zwängen der Zeit nachzugeben, und heirateten, bevor sie ins jetzt wieder befreundete Ausland zogen. Für meine Mutter war es das schönste Jahr ihres Lebens, sagt sie, ohne Kinderleins, ohne Hausfrauendasein, jung verheiratet und mit einem einjährigen Gratiskurs Französisch intensiv ausgestattet. Dazwischen Aufenthalte in Paris, Ausflüge in die Normandie und die Bretagne und weit weg von der postfaschistischen Enge der österreichischen Nachkriegszeit. Comme dans un rêve.

Auch wir waren als Jugendliche vom französischen savoir vivre sehr angetan, ohne dass ich genauer gewusst hätte warum. Wir sahen Louis-de-Funès-Filme und liebten den Choleriker, ein 2CV erschien uns erstrebenswerter als ein Mercedes, eine Baguette war zehn Mal cooler als unser säuerliches Schwarzbrot und wir rauchten gelbe Gitanes oder filterlose Gauloises, bis unsere Gesichtsfarbe der des Zigarettenpapiers ähnelte. Das Erlernen der Sprache war ein herber Rückschlag für mich, da ich außer in der Aussprache nicht wirklich punkten konnte, und auch Aufenthalte bei Freunden unserer Eltern im Elsass oder Austauschschüler, die bei uns zu Hause Deutsch radebrechten, konnten meine Rechtschreibung und Grammatik nicht verständlicher machen. Dazu kamen noch die Wirren des Massengymnasiums und die Spätfolgen der Nachkriegszeit, durch die wir fast jedes Jahr andere Lehrer hatten, darunter auch einen Franzosen, der wiederum kaum Deutsch konnte und auch keine Hausmacht hatte, um ein Minimum an Disziplin durchzusetzen. Bei ihm schrieben wir ein Jahr lang Briefe an das *syndicat d'initiative*, bis heute ein traumatischer Ausdruck für mich, an das Fremdenverkehrsbüro also, wo wir Aufenthalte, Führungen, Tourpackages und Ähnliches erfragten, bestellten, reservierten, stornierten, kommentierten und reklamierten, wobei niemand von uns im Traum daran dachte, nach Frankreich zu reisen, um dort kein Wort zu verstehen.

Die schönste Erinnerung an den Franzeunterricht war ein Kinobesuch in Bregenz, im alten Forsterkino in der Innenstadt, wo wir das *Wolfskind* sahen. Ins Kino zu gehen in der Schulzeit war damals so selten wie ein gutes Lehrer-Eltern-Gespräch heute und so progressiv damals wie heute mit Youtube-Sequenzen zu unterrichten, die nicht einmal die Schüler kennen, so dass es so still in der Klasse wird, ja so still, weil ein jeder nach seinen Themen sich sehnt, die er gerne wiedererkennen will. Und vor allem: Es war eine Halbtagsexkursion, die musste angemeldet werden, klassenweise strömten die Klassen nach Bregenz, ich glaube es war sogar an einem Vormittag und Kino am Morgen gab es seltener als Weihnachten mit Schnee.

L'enfant sauvage sagt mir das weltweite Gedächtnis, hieß der Streifen im Original mit Untertiteln, ohne die wir hoffnungslos verloren gewesen wären, von François Truffaut. Wahrscheinlich dachte unsere Lehrer, Monsieur Fleur, dass es uns guttun würde, einen sprachlosen Wilden zu sehen, den man in den Wäldern Südfrankreichs aufgegriffen hatte, und der noch weniger Französisch sprach als wir. Wir wiederum dachten, dass jede Stunde, die wir außerhalb der Anstalt verbrachten, ein großer Gewinn seie.

Auch mein Vater war mit seinem Französisch nach Bregenz gekommen, allerdings schon fünfzehn Jahre früher, und hatte an der dortigen Handelsakademie Wirtschaftsfranzösisch unterrichtet und damit, sowie mit dem Assistenteneinsatz, eine gewisse Familientradition geschaffen, da die zwei Ältesten ebenfalls sich als Sprachassistenten verdingten und heute ebenfalls in handelsakademieähnlichen Klassen Fremdsprachen unterrichten, einer davon ebenfalls Französisch, ganz der Papá. In einem dieser Jahre in Bregenz nahm unser Vater an einem Auslandsaufenthalt einer Mädchenklasse in Korsika teil und war damals mit größter Wahrscheinlichkeit zum ersten Mal am Mittelmeer. Die Zeit muss Frühsommer gewesen sein und zu Hause sahen wir die 8-mm-Filme von Korsika staunend an, das kristallklare Wasser, die korsischen Esel mitten auf der Straße und die Strände mit Seesternen und Seeigeln. Am eindrücklichsten aber war der phänomenale Sonnenbrand, den der Vater sich in Korsika eingefangen hatte, seine sonst eher käsige Haut war tiefrot, jede Berührung tat ihm höllisch weh und nach ein paar Tagen begann sich der ganze Rücken zu schälen, was uns ohne Ende faszinierte. Noch faszinierender war nur das Mitbringsel, das uns am längsten an Korsika erinnern würde: ein in Bernstein ein gegossenes Seepferdchen, das der Schlüsselanhänger für den Haustürschlüssel wurde. Diese Haustür hatte außen einen Kupferbeschlag mit mehreren Messingsternen, die an kleine Seesterne erinnerten, und diese Kupfertür wurde im Sommer derart heiß, dass man, wenn man sich in der Badehose unbedacht daranlehnte, blitzschnell eine sehr genaue Vorstellung vom Sonnenbrand auf Korsika bekam.

Gut möglich, dass unser Vater in dieser Zeit neben den trockenen Handelskorrespondenzen und französischer Buchhaltung für sich selber oder mit dafür empfänglichen Klassen romantische Gedichte las. Uns jedenfalls verblüffte er eines Nachmittags im zweiten oder schon dritten Jahr seiner Demenz, als er nach vielen und langen Monaten, in denen er ausschließlich *Wir lagen vor Madagaskar* rezitiert hatte, aus heiterem Himmel zu seiner Enkelin, die altersmäßig eine seiner damaligen Maturantinnen sein hätte können, *C'est bien la pire peine* sagte. Out of the blue. De repente. De la nada. Und weiter ging's noch mit *Sans amour et sans haine, mon cœur a tant de peine!* Erstaunt sind wir über das Französisch, das da zum Vorschein kommt, wie der Ötzi im Eis, lange zugedeckt, da mein Vater seit der Zeit des Kommerzfranzösischen keinen Unterricht mehr in dieser lieblichen Sprache erteilt hat, ein paar versprengte Nachhilfestunden vielleicht, aber sonst war seine Arbeitswelt zunehmend angelsächsisch geworden, bis die Demenz diese Welt aus den Angeln hob. Und dann bemerke erst: Der Vater spricht von Liebe und Hass, von Herz und Schmerz, in den romantischen a-b-a-a-Zeilen einer Strophe, in der bei genauerem Hinsehen die b-Zeile fehlt.

Umgeben von einer immer weiblicher werdenden Welt, seiner wwW könnte man sagen, sprach er von den großen romantischen Themen. Liebe erfuhr er von allen, die sich um ihn kümmerten, Ablehnung von jenen, die glaubten, seine Demenz seie die Wurzel ihres Übels, sein Herz stand seit dem Infarkt im Mittelpunkt der Aufmerksamkeit und Schmerz verspürte er möglicherweise keinen mehr, es wunderte uns, dass er meistens so fröhlich war. Oder sagten diese verlorenen Zeilen, dass er weder Hass noch Liebe mehr verspürte?

Als ich diese irgendwie magisch klingenden Worte zum ersten Mal hörte, wusste ich nicht, woher sie kamen. Nachdem aber *Madagaskar* nun immer öfter von *C'est bien la pire peine* abgelöst wurde oder dieses als Draufgabe erklang, suchte ich im globalen Gedächtnis nach diesen sechs Wörtern und wurde gleich mit 200.000 Fundstellen bedient.

Verdammt! Die einzig brauchbare Analyse war auf Französisch. Zur Matura hatte ich mit Ächzen und Krächzen einen Text übersetzt, an den sich mein Gedächtnis partout nicht mehr erinnern will. Doch da ich mich einige Jahre intensiver mit Spanisch, der herberen Schwester des Französischen auseinandergesetzt hatte und wir an der Sprachgrenze zwischen Rätoromanisch und Alemannisch aufgewachsen waren – unsere Gemeinde wird je nach Sichtweise und Nebelgrenze zum Unter- oder Oberland gezählt – kam das Gallische in mir schneller wieder hoch, als ich dachte. Sogar in den Dialekten der Region kommen diese Unterschiede zu tragen, der Oberländer wohnt *daheem*, der Unterländer *dahoam*. Am geilsten wohnen die Oberländer auf der anderen Seite des Rheins: *dihai*. Doch ich schweife ab.

Ich las also, dass die 16 alexandrinischen Zeilen in vier Strophen organisiert waren und aus dem Zyklus *Vergessene Sänge* stammten. Ja, ich hatte richtig gelesen: Sänge. Vergessen, wenn das kein Volltreffer war! Aber Sänge? Da schau her, sagte der Duden – no duden ustedes –, Sänge war der Plural von Sang. Sing mir einen Sang, ja im Singsang noch anzutreffen. Paaaaaaast, sagen die Töchter und meinen okay, ich hab's gecheckt, wir haben genug telefoniert, wechseln wir das Thema, ich muss jetzt weiter oder manchmal auch wirklich: Das passt mir. Sang passte. Mein Vater sang. Lieder und Musik waren eine Art Elixier für ihn, das ihn für kurze Zeit aus dem Schlaf vor Madagaskar rief. Meinrad, *can you play me a memory, I don't really know how it goes, but it's soft and it's sweet and I knew it complete when I wore a younger man's clothes*. So sang es

Billy Joel in seinem Sang. Bei Verlaine war es hundert Jahre zuvor ebenfalls recht modern zugegangen, *es weint in meinem Herzen* war eine neue Sprachschöpfung, ein Neologismus, der die naturalistischen Romantiker wahrscheinlich hochschreckte und den einfachen Leser überrumpelte. Mit dem Simile *comme il pleut sur la ville* ist auch der überrumpelte Leser dann wieder versöhnt, es bleibt auf dem Teppich, beziehungsweise lässt es den Regen im Dorf.

Es weinte in seinem Herzen wie es auf das Dorf regnete. Auf welches Dorf? Sein Heimatdorf? Sein Wahldorf? Sein globales Dorf? Da kann ich den Vater gleich selber zitieren, der einzige Text, den er in seiner Pension am PC geschrieben hatte, handelt davon: „In den 60er Jahren übersetzte ich *Understanding Media* von Marshall McLuhan, in dem zum ersten Mal vom *global village* die Rede war: *... eine augenblickliche Implosion und Verquickung von Raum und Funktionen ... Das ist die neue Welt des globalen Dorfes.* Durch die neuen Medien sind wir elektronisch geschrumpft zum globalen Dorf. Das wird mir klar, wenn Miyuki, die Frau des Ältesten am Telefon aus Japan fragt, was es bei uns zum Abendessen gibt. Diese und ähnliche Fragen hat man auf der Dorfstraße im Vorbeigehen früher auch gehört.

Wenn man bei der Arbeit war, grüßten Vorbeikommende, fügten aber noch etwas hinzu, etwa: *So, sind'r am Zeta* (beim Heuverteilen)? Als Bub dachte ich mir: *Dumme Frage, das sieht man doch.* Darauf war aber noch eine Antwort fällig. Etwa: *Jo, ma muass, vor widr a Wettr kunt* (Gewitter kommt). Erst später erfuhr ich, dass das Ganze gar nicht so dumm ist. Das Hin und Her nach dem Gruß hat nichts mit Information zu tun, es bedeutet vielmehr *Ich rede mit dir, ich bin dir gewogen.* Fehlt das nach dem Gruß, könnte man denken: *Was hat er/sie nur, was habe ich ihm/ihr getan?*

Der engste Kreis in dieser kleinen Welt war aber die Familie – für mich noch eine heile Welt. Unser Vater war Schulleiter im Dorf, initiierte aber auch die Entwässerung des Riedes, was den Bauern ziemlich viel nutzbares Wiesen- und Ackerland brachte. Unsere Mama war eine frohe, unternehmungslustige Frau, die von sich aus nach Rankweil Vieh kaufen ging, um den leer stehenden Stall für eine kleine Landwirtschaft zu füllen, damit sie die hungrigen Mäuler auch nach Kriegsbeginn noch stopfen konnte. Sie kam mit fast allen Leuten gut aus und bot dem vagabundierenden *Besabinder* genauso einen *z'Brend* (Jause) an, wie sie die Fürstin Bathiany, die es im Krieg mit ihrer Familie nach Schnifis verschlagen hatte, zu einem Nachmittagskaffee einlud."

So hätte das tönen können und es wäre um dreißig Jahre spannender gewesen als mein Sudel. Von Schnifis aus war es also schon früh nach Rankweil gegangen, durch den Viehhandel zuerst, durch die Stubete (heute: *is in a relationship with*) später und schließlich durch die Heirat. Dort gründeten unsere Eltern dann auch ihren Hausstand hinterm Berg, aber nicht hinterm Mond und wurden sesshaft. Und während die Dörfer globaler wurden, wurden die Dorfgemeinschaften umso loser. Mein Großvater war eine Persönlichkeit in seinem Dorf, als Lehrer eine Autorität und seine Familie hatte einen Übernahmen, *s'Lehrers*. In seinem neuen Dorf kannte mein Vater ein paar Leute, meistens über die Verbindung, zu den Nachbarn gab es nur noch wenig Kontakt und am Dorfleben nahm er bestenfalls indirekt über die Vereine, in die wir integriert waren, teil. Mit Ausnahme unserer

Schwester, die mehr oder weniger im Dorf geblieben ist, sind wir heute in unseren globalen Dörfern Zugeraste, wir kennen kaum jemanden und sind Niemande. Lustigerweise wurde ich eines Jahres von der Schule nach Kanada geschickt, um meine Englisch-Wirtschaftsklasse eine lauschige Woche lang zu betreuen. Die hatten in Vancouver einen Intensivkurs und ihre Sprachschule hieß *Global Village*. In Vancouver regnete es auch mehr, als wir im Sommer erhofft hatten, was mich wieder zurück zum Gedicht bringt: Wie es auf das Dorf regnet.

Der Regen, sagt die Analyse, gehört zum Begriff Wasser und dieser dauernde klangliche Wechsel zwischen *pleure* und *pleut* mache den ganzen Charme des Gedichts aus, der also dann in der Übersetzung verloren geht. Oft hat man Pech. Unmerklich bringt er uns in eine andere Wirklichkeit und wir ahnen, so der Analyst, dass das Herz von einer Traurigkeit durchtränkt wird, wie die Kleider etwa vom Regen. I like. Ist es dieser Charme, das Spüren der nicht festzumachenden Traurigkeit, das meinem Vater das Französische wieder zugänglich macht?

QUELLE EST CETTE LANGUEUR

Was ist dieser Herzschmerz oder diese Mattigkeit – das Wörterbuch stellt uns vor die Wahl –, was ist es? Verlaine war ein großer Experte in Sachen Herzschmerz. Seine Biografie könnte nicht diametraler der meines Vaters gegenüberstehen: der wilde Hund, der mit 14 die Schule vernachlässigte, Gedichte schrieb, in Pariser Literaturzirkeln verkehrte, vom Vater zu einer Stadtbeamtenlaufbahn gezwungen wurde, diese dann wieder aufgab, der mit 26 kurzzeitig ein bürgerliches Leben führte, zur Heirat vorsichtshalber eine provisorische Mitgift vom Schwiegervater erhielt und kurz darauf, gerade als er Vater wurde, einen 17-Jährigen namens Rimbaud bei sich aufnahm und mit diesem ein homoerotisches Verhältnis begann, das auch gleichzeitig sein Verhängnis wurde. Der kleinste gemeinsame Nenner zwischen den beiden fällt sehr klein aus: ein paar Jahre bürgerlicher Existenz auf Verlaines Seite und meines Vaters kurzfristige Begeisterung fürs Poetische, die in einer der selbst gegossenen Betonplatten, die zu unserem Stiegenaufgang führten, von ihm in Stein gemeißelt wurde, so to speak: *There is no frigate like a book – To take us lands away* (Emily Dickinson). Verlaines Motto schien eher zu lauten: *The world is a book and those who do not travel only read the first page*. Er verließ jedenfalls Frau, Kind und Frankreich, reiste in Belgien, Deutschland und England herum, vereinte und zerstritt sich innigst und fürchterlich mit Rimbaud, verelendete zusehends, versuchte mehrere Male, seine Mutter zu ermorden, und landete wiederholt im Gefängnis. Seine Frau und seinen Sohn sah er nie wieder, und je dreckiger es ihm ging, umso überzeugender wurden seine Gedichte. Als er schließlich von einer Monatspension lebte, die sein Freundeskreis stiftete, wurde er zum französischen Dichterfürsten ernannt, und zum wichtigsten Vertreter der Symbolisten.

Mein Vater hat nicht viel gemein mit Paul Verlaine, außer dass jener gerne Lehrer werden hätte wollen, möglicherweise nicht nur aus pädagogischem Eifer, und wegen der Befürchtung, dass der *enseignante* Verlaine seine Eleven zu sehr mögen könnte, wurde ihm prompt eine Anstellung im Schulbereich verwehrt. Was also hat der Herzschmerz mit meinem Vater zu tun? Ist es einfach Zufall, dass er sich jetzt wieder an dieses Gedicht erinnert? War der Auslöser der Anblick seiner jugendlichen Enkelin, die ihn vielleicht an seine junge Frau erinnerte? Oder an eine andere Frau in seinem Leben? Für mich kaum vorstellbar, ich verbinde meinen Vater mit vielen Dingen, aber nicht mit Herzschmerz. Zu kitschig klingt das Wort, nach Schlager, nach Süßholz. Oder: Musste mein Vater sein Gedächtnis verlieren um solche Worte wenigstens in einer Fremdsprache in den Mund zu nehmen? Und versteht er sie überhaupt noch?

QUI PENETRE MON CŒUR?

Der größte Schmerz, der das Herz meines Vaters durchdrungen hat, war möglicherweise jener, den er an einem Samstagvormittag im Frühling 1988 verspürte, kurz nachdem meine Eltern uns in Wien besucht hatten und die Enkelin, die gute zwanzig Jahre später sein französisches Gedicht wiederbeleben sollte, auf die Welt gekommen war. Er war den *Strumpf* heraufgekommen, wie wir jenes kleine Gässchen nennen, das im Ortsplan Klostergasse heißt, und hatte einen furchtbaren Schmerz in der Brust verspürt, kaum mehr Luft bekommen und war blass und stammelnd nach Hause gekommen. Meine Mutter reagierte schnell, mein Schwager rief die Rettung, der Infarkt wurde rechtzeitig behandelt, doch nach einem längeren Spitalsaufenthalt und sechs Wochen Rekonvaleszenz im Salzburgischen war an Arbeit, Belastung und Stress nicht mehr zu denken. Vielleicht war der Schmerz, nicht mehr arbeiten zu können, noch größer als der des Herzmuskels, denn mein Vater hatte nie von seiner Pensionierung gesprochen, gehörte nicht zu jenen Beamtenlehrern, die den genauen Wochentag ihres Antritts des Ruhestands gute zehn Jahre im Voraus berechnen und lange davor nur noch mit halber Kraft oder gar ganz entkräftet durch das Meer des lebenslangen Lernens pflügen. Er liebte seine Arbeit, den Unterricht, seinen Auftrag, den Studenten etwas beizubringen, und seine Studenten mochten ihn ebenfalls, wenn ihre Teilnahme und die Beiträge zu seiner Verabschiedung an der Akademie ein Gradmesser dafür sein können.

Der Schmerz durchdringt das Herz. Erst wenn die Schmerzgrenze erreicht ist, ändert sich etwas in unserem Leben. Wie oft war das bei meinen Eltern der Fall? Vom Zahnarzt über den Blinddarm, vom Hausarzt bis zur Intensivstation, sie gingen erst, wenn der Schmerz nicht mehr erträglich, der Blinddarm schon durchgebrochen, das Herz schon kollabiert war, um Linderung aus. Wir reinszenieren zum Teil immer noch die Versäumnisse unserer Eltern, immerhin nützen wir wenigstens verschiedene Vorsorgen. Mein Hausarzt bezeichnet mich sogar als indolent, ein Wort, das ich ohne mein Spanisch gar nicht verstehen könnte, Schmerz-unempfindlich. Es gibt Jahre, da sehe ich ihn überhaupt nicht, alle zwei Jahre mache ich die Vorsorgeprozedur mit und natürlich bin ich froh, wenn ich Praxen, Pharmazeuten und Krankenhäuser nur als Besucher oder Besorger erlebe. Schmerz ist ja notwendig, ein Warnsignal wie neuerdings jenes beim Rückwärtsfahren im Auto, aber wenn der Dauerton ertönt, ja dann sollte man so still sein wie die Matrosen und sich schleunigst um die Artrosen, Neurosen, Pleurosen und alle anderen Chosen kümmern, die gesundheitlich nicht mehr im Lot sind. Schmerz ist aber auch Leben, Lust ist verdammt nahe am Schmerz und dies wiederum mit ein Grund, warum es in vielen Betten so still wird, wie wenn das Schifferklavier ertönt. Man muss etwas Begabung fürs Leiden haben, dann kommt auch wieder Freude auf. No pain, no gain.

O BRUIT DOUX DE LA PLUIE

Oh sanfter Klang des Regens. Klang und Wasser stehen in diesem Gedicht und überhaupt bei Verlaine ganz hoch im Kurs. Der Regen ist symbolisch für die Melancholie, sagt die Analyse, das Gefühl des Weinens wird noch klanglich verstärkt durch den Regen, wer viel weint, wohnt nahe am Wasser, wie man so sagt. Verlaine hatte allen Grund zu weinen, sein Leben scheint einen Pfad seelischer Verwüstungen hinterlassen zu haben, die auch an ihm selbst nicht spurlos vorübergingen. Nachdem er Frau und Kind verlassen, auf seinen Lover Rimbaud geschossen und versucht hatte, seine Mutter umzubringen, lag er im Gefängnis und war schließlich, von fast allen guten Geistern verlassen, auf die Unterstützung seiner engsten Freunde angewiesen. Mein Vater hat über fünfzig Jahre mit seiner Frau verbracht, fünf Kinder ernährt und ausgebildet und von seiner Mutter immer sehr bewundernd gesprochen. Geschossen hatte er möglicherweise auf den einen oder anderen Partisanen, um seine eigene Haut zu retten, aber das sind reine Vermutungen, darüber hat er nie gesprochen. Interessant ist, dass er sich in den sechziger Jahren mit einer kroatischen Familie befreundete, die aus dem immer enger werdenden Tito-Jugoslawien geflüchtet war und in unserer Region Aufnahme fand. Es waren gebildete Flüchtlinge, der Mann Ingenieur, seine Frau belesen und an vielerlei Themen interessiert. Die Eltern sprachen sehr gut Deutsch, mit einem Akzent, den wir aber respektierten und nicht erbarmungslos nachäfften, wie meistens, wenn jemand ein Jota von unserem dicken alemannischen Dialekt abwich. Die Kinder Duda, Jasminka und Tomislav lernten auch diesen Dialekt in kürzester Zeit, sprachen aber auch bestes Standard-Deutsch und natürlich Kroatisch, die Älteste aus ihrer Schulzeit auch Russisch. Wir staunten, wie gleichaltrige Kinder von einer Sprache in die andere wechseln konnten, Deutsch sprachen, ohne sich gespreizt vorzukommen, und dies scheinbar mühelos. Wie meine Eltern die Matievics kennengelernt hatten, weiß ich nicht. Kurioserweise hatte ich vierzig Jahre später zwei Schüler im Freifach Spanisch, die Matosevic hießen und deren Vater mein Kollege in Philosophie und Russisch war. Auf einer Fortbildung lernte ich eines Tages seine Frau kennen, die im Dorf meiner Eltern unterrichtete. Dabei stellte sich heraus, dass sie die Matievics kannten und dass ihr Mann, Kollege Matosevic, einst an der Ältesten Tochter der Matievics großes Interesse gehabt hätte, daraus aber nichts geworden sei. Duda hatte einen italienischen Mathematiker geheiratet und keines der drei Kinder ist in Österreich geblieben und keines hat einen Kroaten geheiratet. Früh globalisiert, leben sie heute in Italien, Australien und der Schweiz.

Vielleicht wollte mein Vater, nachdem er sich weitgehend mit den Alliierten verbündet hatte, dann auch mit dem *Feind*, der überhaupt nicht sein Feind war, Frieden schließen? Oder war es einfach Zufall, dass er diese Einwanderer kennengelernt hatte? In unserer Nachbarschaft hatten wir auch regen Kontakt mit Gastarbeiterkindern und die frühesten Erinnerungen gehen auf einen türkischen Buben zurück, der Fikret hieß, ein Name, den wir arglos und unschuldig so stehen ließen, und mit dem wir regelmäßig den Schulweg teilten. Er sprach kaum ein Wort Deutsch und schien vom Schicksal nicht gerade verwöhnt worden zu sein. Jedenfalls kam er manchmal vor Schulbeginn, läutete um sieben in der Früh an unserer Glocke, auf der akademischer Grad, Vorname und Familienname des pater familias stand, und sagte zu meiner erstaunten Mutter: Du, Frau Meiner, mir gäben Brøt. – Ich nehme an, der Bitte wurde stattgegeben, möglicherweise arbeiteten hin und wieder beide Eltern des Fikret in der Frühschicht und für einen sechsjährigen Buben war es sicher kein Leichtes, allein zu Hause ein kleines Frühstück auf den Tisch zu zaubern. Wir hingegen wurden geweckt, gewandet und gefüttert, heiße Ovomaltine, Schwarzbrot und Marmelade, sonntags die britischen Cornflakes, manchmal gab es noch Riebel, die bodenständigere Art der Maisverwertung. Fikret zog wieder weg und wir konnten unsere Integrationsbemühungen auf ein neues Nachbarskind konzentrieren, Athanasius aus Griechenland. Aus seinem ungewohnten Namen machten wir ein kurzes *Näsch* und nahmen ihn überallhin mit. Er kam zu uns mit nach Hause, wir gingen bei ihm ein und aus und er sprach unseren Dialekt, als ob er nie etwas anderes gesprochen hätte. Kinder kannten keine Integrationsprobleme, wir sahen nur einen Spielkameraden in Näsch, nie einen Ausländer. Wie exotisch er eigentlich im Rankweil der sechziger Jahre war, merkten wir erst, als er zum ersten Mal nach Hause reiste, vierzig oder fünfzig Stunden in Zug und Schiff, und wir eine Liste erstellten, mit unseren Wünschen, was er uns alles aus Griechenland mitbringen sollte: Datteln, Oliven, einen Wolfspelz, Schaffelle, eine ganze Liste schrieben wir zusammen, aus der natürlich nicht viel werden konnte, da seine Eltern genug Kleider und Lebensmittel mitbringen mussten, um wieder lange Zeit über die Runden zu kommen.

Heute war mein Vater zum Essen da, mit der Betreuerin. Beim Essen liest er eine Einladung, die auf dem Tisch liegt, er dreht und wendet sie nach allen Seiten, aber er versteht nicht mehr, worum es geht. Dazwischen zitiert er *Madagaskar*, wir hören's geduldig an, prosten ihm beim Refrain zu, er lacht, schwenkt das Bierglas und zitiert wenig später den Verlaine. Nach dem Essen hole ich ihm das ganze Gedicht aus dem Drucker, druckfrisch liegt es vor ihm, er liest die Zeilen der ersten Strophe noch flüssig, weil sie noch da sind, aber nur nach Anstoß. Die zweite Strophe ist sehr holprig, er liest das Französische nur mit großer Mühe und ich hoffe, dass die Betreuerin nicht fragt, was das heiße. Die Aussprache ist bestens, der Klang stimmt, was ja in Verlaines Gedicht das Wichtigste ist. Wenn man also alles klangeln lässt, bleibt am Schluss nur noch der Klang übrig. *Der Flügelflagel gausert, im Wiruwaruwolz, die rote Fingur plausert, und grausig gutzt der Golz*. Morgenstern, reines Klanggedicht, sinnlos, aber so klangvoll, dass stimmig.

Der Rhythmus des Gedichts, sagt der Analyst, ist sehr wichtig. Dieses Gefühl der Monotonie durch die Wiederholungen derselben Wörter wie etwa *Regen* erzeugt den sanften Klang. Monotonie des Gedächtnisses: es regnet, es regnet, es regnet seinen Lauf, und wenn's genug geregnet hat, dann hört es wieder auf. Monotonie der Demenz: liegen, schlafen, sitzen, *Madagaskar*, zum Fenster, in die Küche, wieder liegen, wieder schlafen, *c'est bien la pire peine*, die Lokalzeitung, die Tabletten, Klavier spielen, zum Fenster, liegen, schlafen, sitzen, die Gratiszeitung, lesen ohne zu verstehen, sinnerfassend nach PISA gibt's nicht mehr, das Gedächtnis liegt schiefer als der Turm.

Das Essen ist fertig, kommen Sie bitte zu Tisch, ich komme, wer ist die Frau, geht's dir gut, sage ich zur Sicherheit, das passt immer. Der anderen Frau gebe ich die Hand, ich weiß nicht, ob sie gerade gekommen ist. Sie kommt näher und zieht mich näher heran, sie will einen Kuss auf die Wange. Ein Kuss ist gut, es riecht immer so fein, aber drei Küsse sind übertrieben, wie Hunde, die sich beschnüffeln. Ein Kuss heißt: ich halte meine Wange hin, und das unterscheidet uns vom Vorfahren, der dem anderen an die Gurgel wollte, aber drei … Ich hab ja nicht einmal drei Wangen. Drei Löffel essen, dann habe ich genug, wieder liegen, die Frauen wollen, dass ich mehr esse, das Bier austrinke. *Madagaskar*, wenn ich noch zweimal mit *Madagaskar* komme, lassen sie mich vielleicht gehen, sie finden den Text nicht immer passend. Ist *Madagaskar* kein Tischgespräch? Dann eben *C'est bien la pire peine*, Französisch ist vornehm, à table, Monsieur, n'est-ce pas. *De ne savoir pourquoi*, sagt der Mann immer, wenn ich mit *c'est bien la pire peine* anfange, und dann verliere ich den Faden und weiß die Strophe nicht mehr zu Ende. Warum, weiß ich auch nicht, er auch nicht, warum weiß niemand.

PAR TERRE ET SUR LES TOITS!

Zu ebener Erde und im ersten Stock wohnten die drei Familien, die unsere kleine Welt ausmachten. Der Regen fiel auf die Wiesen, die Erde, den Rasen rund um das Haus und auf das Dach. In den fünfziger Jahren waren es noch drei Kleinfamilien mit je ein bis zwei Kindern und es war viel Platz für alle da. In den sechziger Jahren war die Bevölkerung des Hauses hinterm Berg beinahe auf zwanzig angewachsen und es kam, wie es unter drei sehr verschiedenen Geschwistern kommen musste: Man zerstritt sich inbrünstig, jeder wähnte sich im Recht und wusste, dass der andere alle Schuld trug. Die zwei Schwestern verbrüderten sich, der Bruder blieb ausgeschlossen, schottete sich selber immer mehr ab und verhinderte aus obskuren Motiven eine gütliche Lösung, die ihm angetragen wurde: das obere Stockwerk des Hauses mit einem leistbaren Betrag abzulösen und so eine seine Schwestern auszubezahlen. Im Nachhinein betrachtet war dies vielleicht ein Glücksfall für uns, so wuchsen wir in einem großen alten Haus auf, im Ortskern, jedoch ohne den lästigen und gefährlichen Verkehr der Vorderseite des Bergs, in einer sich städtisch anfühlenden Wohnung, aber am tiefsten Land und umgeben von ebenfalls großen Häusern mit großen Familien. Hätte sich der regionale Traum vom Eigenheim erfüllt, wären wir mit großer Wahrscheinlichkeit in einem von der Außenwelt abgeschnittenen Ziegelhäuschen aufgewachsen, am Dorfrand, am Stadtrand, auf jeden Fall in der Pampa, und jeder hätte sein Zimmerchen bekommen und ein Fensterchen, um zu sehen, wo Fuchs und Hase sich gute Nacht sagen.

So aber wuchsen wir auf in einer abwechslungsreichen Umgebung, die einen Nachbarn waren Kabarettisten, die anderen lieferten ihnen Anregungen für ihre Programme, vor uns ein großes Kloster, über uns eine großmächtige Kirche und hinter uns die Metzgerei mit dem integrierten Schlachthof. Zweimal umfallen und wir waren im Kindergarten und später in der Schule, auf der Gemeinde, Geburtsurkunden, Staatsbürgerschaften, Heiratsurkunden, alles in Gehwenn nicht Reichweite.

Der Regen, fragt sich der Analyst des Gedichts, mildert oder verstärkt er den Herzschmerz, die Sehnsucht? Und entscheidet, dass der Leser das selber befinden möge, dies mache auch den Charme des Gedichts aus. Welche Sehnsucht verspürte mein Vater in diesem Haus, wenn der Regen fiel? Der Regen, schließe ich, muss seine Sehnsucht gemildert haben, da er keine großen Anstrengungen unternommen hat, aus der Zwickmühle zwischen günstigem Wohnraum im Familienbesitz der in-laws und manchen aussichtslosen Auseinandersetzungen herauszukommen. Ein Umbau trennte die Stockwerke definitiv und war genug Häuselbau-Ersatz für den Einzigen in seiner Familie, der dem alemannischen Ruf nach home und castle nicht folgte.

Auch die poppigen Dichter gut hundert Jahre später haben sich mit dem Regen beschäftigt, damit wir uns mit ihren Texten beschäftigen. *I hear the drizzle of the rain, like a memory it falls, soft and warm continuing, tapping on my roof and walls.* Bei Paul Simon fällt der Regen sanft und weich wie eine Erinnerung, erstaunlich die Verbindung von Regen mit Gedächtnis! *Just a little rain falling all around, the grass lifts its head to the heavenly sound, just a little rain, just a little rain, what have they done to the rain?*, fragt sich Malvina Reynolds, und *What have they done to my brain, ma?*, fragt sich Melanie. Rain und brain, so nahe beieinander im Englischen. *What have they done to your brain, pa?*, frage ich mich. And what will happen to my brain one day? Will it fuck up, too?

Gestern ist eine Weihnachtskarte mit der Post angekommen, liebe Freunde aus Spanien, die jedes Jahr schreiben und deren Gruß mich daran erinnert, dass wir kaum mehr Weihnachtskarten schreiben, bestenfalls einige Weihnachts-E-Mails. Zu meiner großen Überraschung ist die Karte leer. Eine schöne Weihnachtskarte, geschmackvoll gestaltet, keine Ärzte-ohne-Grenzen-Gratiskarte, aber leer. Am Frühstückstische erzähle ich Lara davon, die über die Weihnachtsferien aus Paris zu Hause ist. Sie ist hundert Pro überzeugt, dass es ein Versehen war, ein Vergessen also, dass sie die Karte noch nicht beschrieben hatten, als sie schon im Umschlag steckte. Nachdem ich mich genug gewundert hatte, wieso die Karte leer seie, nahm ich sie und schrieb den großzügigen und sehr gastfreundlichen Katalanen, dass es eine tolle Idee seie, in diesem Krisenjahr leere Weihnachtskarten zu versenden, damit der Adressat sie gleich noch einmal verwenden könne und sie sozusagen postwendend ausfüllen und zurückschicken könne. Ich erinnerte mich dankbar an die unterhaltsamen Tage in den Vorpyrenäen und wünschten ihnen ein frohes Fest und ein gutes neues Jahr mit viel Gesundheit, Glück und Geld, die drei spanischen Gs im Deutschen und die drei Gs, um die man sich selber gut gümmern gann. Diese drei Gs sind langfristig auch konstruktiver als das Triple G Geld, Geiz und Gier mit seiner ewigen Sorge um das Triple A.

Man fragte eine Hundertjährige an ihrem Geburtstag, wie sie sich denn so fühle in diesem hohen Alter, als Mutter mehrerer Kinder, als Großmutter vieler Enkelkinder und sogar als Urgroßmutter. Der Bürgermeister war gekommen, mit einem Geschenkkorb und Blumen, viele Glückwünsche und Besuche waren eingetroffen. Die alte Frau lächelte zufrieden und sagte: Jetzt hab ich endlich meine Ruhe, seit auch der Jüngste im Altersheim ist. – Diese Anekdote gehörte auch zum Repertoire meines Vaters, Repertoire im besten Sinn des Wortes, denn er erzählte sie immer, wenn es ums Thema Alter und Altern ging. Sehnte sich mein Vater sein ganzes Leben lang nach Ruhe? Dass er sich im Krieg nach der Heimat sehnte, war klar, die er gerne einmal wiedersehen wollte. Fünfundfünfzig Millionen Menschen sahen sie nicht mehr. Dass er sich jetzt nach der Couch sehnt, nach Madagaskar, ist ebenfalls nicht zu übersehen. Dazwischen liegen aber sechzig Jahre, in denen doch nicht über allen Wipfeln nur Ruhe sein konnte. In unserer Region hat die Ruhe einen großen Stellenwert, viele Wendungen legen beredtes Zeugnis davon ab: Lass mich in Ruhe, ruhe in Frieden, damit endlich einmal eine Ruhe ist, ich will meine Ruhe, nur mit der Ruhe, zuerst ist's jetzt mal ruhig, bis zur letzten Ruhe beruht hier der Seelenfrieden auf der Ruhe, der Stille, der Konfliktlosigkeit.

Konflikten ist mein Vater gerne aus dem Weg gegangen. Wenig überraschend, nach zwei Jahren unfreiwilliger Teilnahme am größten Konflikt aller Zeiten. – Er hat viel bewegt, sagt meine Mutter, wenn sie etwas weiter zurückblickt und nicht in Selbstmitleid versinkt oder so tut, als wäre die Demenz ihres Mannes ein neues Hobby, das er sich ausgesucht hat, um sich nicht mehr unterhalten zu müssen oder um ungestraft mit den Straßenschuhen auf der Couch liegen zu dürfen. Dass er vieles bewegt hat, kann ich nur unterschreiben und aufschreiben, hier. Er hat vor allem andere bewegt, seine Schüler am Morgenstern-Gymnasium, seine Studenten an der Hochschule, seine Familie hat er bewegt und angehalten, etwas aus sich zu machen, ein Ziel zu verfolgen, Ideen zu verwirklichen und Pläne umzusetzen. Sich selber hat er geistig in Bewegung gehalten, Bücher übersetzt, Vorlesungen gehalten, psychologische Fachliteratur in der Fremdsprache verarbeitet, Prüfungsmethoden und Tests erarbeitet und immer wieder gelesen, musiziert und gebastelt. Bevor er abgetaucht ist in die Tiefen des Vergessens war er ein großer Bastler und Reparierer gewesen. Und bei all dem Bewegen der anderen hatte er vergessen oder vielmehr verlernt, sich selber zu bewegen. Als das Morgenstern-Gymnasium seine Pforten schloss und auch die drei engagiertesten Kollegen das Direktorium der Gesellschaft Gottes in Rom nicht umstimmen konnten, hatte dies nicht nur den temporären Anstellungsverlust für meinen Vater zur Folge, es war auch das Aus für das Hallenbad der Schule, in dem wir uns wöchentlich einmal austoben konnten und nach der körperlichen Ertüchtigung das wachsende pubertäre Interesse am anderen Geschlecht wenigstens visuell einigermaßen beflügeln konnten – in den Umkleidekabinen. Für meinen Vater war es auch das Aus für das bisschen körperlicher Bewegung, das ihm während der Arbeitszeit verblieben war. Und während wir unseren Radius auf die heimischen Universitäten ausdehnten, Assistentenstellen in Frankreich und den USA erhielten und schließlich beruflich und privat auf Südamerika, Südeuropa und Asien setzten, reduzierte sich der Bewegungsdrang unserer Eltern auf ein Maisäß im Laternsertal, wo sie vor allem im Juli oder August letztendlich wiederum mehr saßen als sich bewegten, vor allem bei Schlechtwetter, einen Holzofen bedienten und erst recht wieder drinnen blieben. Kuiroserweise gehörte das Maisäß dem Mann, der meinen Eltern die Steuerangelegenheiten beim Finanzamt erledigte, da er ebendort arbeitete, und so betrachtet war er der Sparmeister der Familie, da er den günstigsten Urlaub weit und breit ermöglichte und gleichzeitig alle möglichen Abschreibungen und Steuerersparnisse zur Anwendung brachte. Laterns, ein Walsertal, das über Jahrhunderte nur über eine halsbrecherische Gebirgsstraße erreichbar war, war für den Familienurlaub mit fünf Kindern nachgerade ideal – wenn das Wetter mitspielte. Das Maisäß war so abgelegen, dass man überhaupt kein Geld ausgeben konnte, nicht einmal eine schwindlige Seilbahn brachte einen näher an die zwei Berge, die als Hausberge unserer Heimatdörfer alpine Akzente in unseren Leben setzten, der Gerach und vor allem der Freschen. Dort gab es wenigstens etwas zu trinken, das Essen schleppten wir selber mit, sieben Mittagessen im Freschenhaus oder gar eine Übernachtung kamen nicht in Betracht. Und gerade deshalb schätzten wir, was wir hatten, weil nichts selbstverständlich war. Heute höre ich immer öfter, dass alles selbstverständlich ist. Is it?

In der Zeitung lese ich, dass jeder Mitteleuropäer heute etwa 10.000 Dinge besitzt. Und die Leser werden eingeladen, zu schreiben, worauf sie denn verzichten könnten. Das interessiert mich und ich fange an zu überlegen. Allein in meinem Arbeitszimmer würde ich schnell auf weit mehr als tausend Dinge kommen. Ich schreibe der Zeitung, 500 bis 3000 Wörter habe ich als Vorgabe gelesen, als der EgoRechner zum ersten Mal zählt, kommt er auf 1350 Wörter, und für einen Zeitungsartikel kommt er mir etwas lang vor. Ich lese nochmals die Vorgabe und sehe: 500 bis 3000 Zeichen. Ich bin bei 7500 Zeichen. Die Redakteurin ist trotzdem gespannt auf meinen Artikel, kann ihn aber vorerst nicht öffnen.

Darauf kann ich verzichten

Einmal jedes Jahr verzichte ich ein bis zwei Wochen aufs Essen. Komplett. Zu Beginn ist das einigermaßen anstrengend und bedarf einer Übergangsphase. Die völlige Leere bewirkt Müdigkeit und ich muss alles langsamer machen. Ich verzichte dann auch gerne auf stressige Nachrichten, Zeitunglesen, das Internet, soweit beruflich möglich, und anstrengende Freizeitaktivitäten. Ich schlafe mehr und tiefer, dazwischen bin ich hellwach, die Sinne werden schärfer. Zum Schlafen decke ich mich mit einem Hungertuch zu, das ich vor Jahren im Internet für eine Spende erworben habe. 2x3 Meter groß stellt es eine afrikanische Szene in einem Dorf dar, in der Teilen eine Rolle spielt. Am Ende der Leere fange ich langsam wieder mit dem Essen an, verzichte aber noch vier bis fünf Wochen auf alles was ich besonders gerne mag: Kaffee, Wein, Schokolade, eine Zigarre, Käse, Brot, Süßigkeiten, Kuchen, Alkohol. Der Verzicht wird mit der Zeit zum Genuss: Ich lebe viel unbeschwerter, ganz ohne Essen muss ich mich zwingen, wieder damit anzufangen. Ohne Verdauung, Einkauf, Kochen, Ausscheidung lebt es sich zumindest eine Zeit lang wunderbar. Es ist, als ob man schwebt, manchmal. Mit den Wochen wächst die Freude auf einen Kaffee, ein Gläschen Malbec oder ein Stück Pizza immer mehr und es kostet Überwindung, das stark verspätete Weihnachtsessen vom Filmclub auszulassen, auf dem Geburtstagsfest mit Orangensaft auszukommen und jeden Tag den Kaffeeduft im Pausenraum zu ignorieren. Das Wohlgefühl einerseits und die Vorfreude andererseits sind es mir wert, gute sechs Wochen lang auf die leckersten Lebensmittel zu verzichten. Aber nur vorübergehend!

Darauf kann ich nicht verzichten

Wenn ich zu den Mitteleuropäern gehöre, die etwa 10.000 Dinge besitzen, dann müsste es einfach sein, auf vieles davon zu verzichten. Ich besitze vielleicht ein paar Tausend Bücher, Zeitschriften, CDs, DVDs und Noten, 100 südamerikanische Schlüsselanhänger, Dutzende T-Shirts, Kleidungsstücke, Schuhe, ein paar Musikinstrumente, ein Dutzend technische Geräte, zahllose Küchenutensilien, na ja, das könnte schon hinkommen. Das Inventar des Unverzichtbaren müsste doch überschaubar sein! Auf meinen Mac kann ich unmöglich verzichten, ich könnte nicht einmal diesen Text schreiben, so leserlich und formatiert. Damit mache ich einen guten Teil meiner Arbeit, und ein leider ebenso guter Teil meiner Freizeit ist auch an Bits und Bytes gebunden. Auf das Internet kann ich ebenso wenig verzichten. Die Gitarre, das Cello und das Notenpult brauche ich dauernd, die Verstärkeranlage bei eher seltenen Auftritten vor bescheidenem Publikum. Auch den Fotoapparat möchte ich nicht missen. Scanner, Aufnahmegerät, Faxtelefon, Laptop und Handy sind zwar nicht so notwendig, aber immer wieder ganz praktisch. Auch auf die Photovoltaikanlage möchte ich nicht verzichten, da sie noch 12 bis

15 Jahre braucht, um sich zu amortisieren. Vom Gratisstrom, den wir jetzt bei Schönwetter beziehen, gar nicht zu reden. Auch auf das Auto kann ich nicht verzichten, die Zug- und Busverbindungen ins Grenzgängerische sind zu erratisch. Für den Einkauf und die Flucht aus dem Kuhdorf ist es unerlässlich. Weiters brauche ich alle Küchen- und Haushaltsgeräte, und wenn nicht ich, dann meine Frau und die Putzfrau. Diesen Sommer waren wir zwei Tage ohne Kühlschrank, das war nervlich das Limit. Die Fotoalben der analogen Fotozeit brauche ich ebenfalls, sie ermöglichen uns Zeitreisen in die Vergangenheit und beschönigen nichts. Ich brauche den Sonnenschirm im Sommer, die Jalousien in der Nacht, die Schneeschippe noch etwa dreimal im Jahr, vielleicht kann ich in 15 Jahren darauf verzichten? Ich brauche die Kurzschi, falls die Töchter ein Mal im Jahr Lust bekommen auf einen Tag Jux und Tollerei in der weißen Pracht oder der Sohn katalanischer Freunde Oriol zur Schiwoche in die Voralpen kommt. Ich brauche das Fahrrad, um schnell zum Bäcker zu sausen, vor allem in der Früh. Das Auto lohnt sich da nicht, zu Fuß brauche ich zu lange, mit dem Rad ist es gerade richtig und gesund. Auf die meisten Erinnerungsstücke will ich ebenfalls nicht verzichten, und wenn fallweise doch einmal, dann will sie meine Frau behalten. Ihre Erinnerung ist anders als meine. Die Sargadelos-Figurinen von Manolo, der Teller von Anxeles, die Glücksbringer von Charo, die Becher der Germanisten rund um Carlos, der Bildband der Partnerschule von Mahón, alles beseelte Dinge, die zu uns sprechen. Weißt du noch?, sagen sie.

Die Armbanduhr. Ich arbeite im Land der Uhren. Alles ist so genau strukturiert zeitlich, dass ich ohne

Uhr nicht weit kommen würde. Die Lektion endet um 09:57, da muss die Zeit schon zur Hand sein. Natürlich hat das Handy auch eine Uhr auf dem Display, aber dann lass ich das wieder liegen, es genügt mir schon, dass ich regelmäßig die Brille suche. Auf die kann ich auch nicht mehr verzichten und wenn wir früher zum Reisen den Pass, das Ticket, das Geld und ein wenig Häss (=Gwand) benötigten, so sind es heute Pass, Kreditkarten, Bankomatkarten, e-card, Vorteilscard, TouringClub-Card, Ticket, Wecker, Brille, Sonnenlesebrille, Sonnenbrille zum Autofahren, Handy, Fotoapparat, Ladegeräte mal drei, Speicherkarten, Codewörter, Steckdosenadapter, Reiseführer, Reiselektüre, USB-Stick, Navi, CDs, Kühltasche und Schutzfaktor 30 bis 50, je nach Reiseziel. Verzicht – my ass!

Die Vielzahl der Dinge: Haben ist Sein

Alles scheint immer mehr zu werden. Früher tranken wir Wein aus dem Doppler in einem Wasserglas. Heute gibt es 500 Weine aus fünfzehn Ländern, dazu sieben verschiedene Weingläser, einen Dekanter, ein Schürzchen für die Weinflasche, eine Metallzunge zum Einschenken, drei- bis fünfteilige Korkenzieher, Flaschenverschlüsse, Untersetzer, Weinregale und Weinkühlschränke. Außer Letzterem haben wir auch so ziemlich alles, was den Eno-Amateur entzückt. Das ist nämlich der Punkt der Unverzichtbarkeit: Wir müssen immer mehr haben, damit immer mehr produziert werden kann und immer mehr verkauft werden kann. Die Wirtschaft muss wachsen. Jeden Tag rechnen uns besorgte Politiker und Journalisten vor, was die Wirtschaftsforscher in aller Welt für das nächste Quartal, Halbjahr, Geschäftsjahr, Budget, BNP etc. prognostiziert haben. Wehe, sie haben einen

Rückgang errechnet! Ein Grauschleier legt sich über das Land. Die Stimmung ist vergiftet. Das Schlimmste wird befürchtet, weil ein Institut das Wachstum um einen Prozentpunkt herabgesetzt hat. Denn wir wissen es alle: Die Wirtschaft muss wachsen. Muss sie wirklich? Ich glaube das schon lange nicht mehr, bin aber immer noch ein unverbesserlicher Käufer mancher Dinge, die ich eigentlich nicht wirklich benötige. Andererseits, wenn alle ihre Sony Trinitrons 18 Jahre lang verwenden und nicht die geringste Anstalt machen, einen Geiz-ist-geilen Flat-Screen-LCD-Bildschirm zu erwerben (Olympiade, Hochzeit in London, Fußball-WM oder Weihnachten wären längst passende Termine gewesen), dann kann Sony zusperren. Oder unsere Tiefkühltruhe von Bosch: Sie ist 27 Jahre alt – wir haben sie zusammen mit der ältesten Tochter bekommen und wissen also immer, wie alt sie ist – und läuft wie am ersten Tag. Wenn alle Bosch-Produkte so laufen, kann die Firma nur noch in China punkten. Es bleibt uns im Grunde eigentlich nur eines: weiterhin kaufen, kaufen, kaufen und dann darauf verzichten! Hoffen, dass das Produkt schnell kaputtgeht. Oder herumzicken, dass es eigentlich nicht das war, was man sich erwartet hat, und dann weitergeben. Oder wegwerfen. Verlieren. Weil verzichten schwierig ist.

Worauf kann ich wirklich verzichten?

Stefanitag: Heute liegen die Weihnachtsgeschenke noch auf dem Tisch, eins ist schon fleißig im Einsatz und macht sich unverzichtbar und unentbehrlich. Die anderen sind für den Konsum bestimmt und fürs Zuhören. Sie werden bald leer sein oder nehmen wenig Platz ein. Dennoch habe ich mir vorgenommen, das Arbeitszimmer aufzuräumen und auf einiges zu verzichten. Altpapier, ein paar abgelaufene CDs mit Selbstgebranntem, etwas Plastik und ein paar uralte Lektüren sind das magere Ergebnis. Ich dachte, ein Drittel des Zimmers sollte entbehrlich sein, aber dann lege ich die ersten CDs in den Mac-Ego und stelle fest, dass ich den Inhalt vielleicht noch einmal brauchen könnte. Vielleicht … Dann die Bücher: Bücher wegwerfen, für mich fast so schlimm wie verbrennen. Wir wissen fast alle nicht, wie Bücher brennen. Von den Konsequenzen der Bücherverbrennungen haben wir viel gehört. Also: worauf kann ich denn nun verzichten? Alle Bücher, die ich doppelt habe, das wäre ein Ansatz. Alle Bücher, die ich sicher nicht mehr lesen werde. Aber wer weiß das schon so genau? Morgen ist wieder ein Verzichttag, morgen ist wieder Wegwerfen. Ich werde beherzter an die Sache gehen. Oder müssen erst die Erinnerungen verschwunden sein, bevor ich mich ans Abräumen machen kann?

O LE CHANT DE LA PLUIE!

Die Strophe mit den Ausrufezeichen scheint die Antwort auf die Strophe mit den Fragezeichen zu sein, sagt der Analyst des Gedichts. Welche Antwort sagt er allerdings nicht. Die Klangwiederholungen *pluie / s'ennuie / pluie* seien raffiniert wie die mittelalterlichen Balladen oder Rondos ziseliert, findet der Interpret des Gedichts, Michel Esnault, ein pensionierter Postler, der Literatur analysiert und passionierter Lokalhistoriker ist. Raffiniert ist Ansichtssache, ich würde diese Reime eher als sparsam bezeichnen, da sie mit wenig Variation in erster Linie Klang erzeugen. Meinem Vater kommt das auf jeden Fall sehr entgegen, er erzeugt ebenfalls viel mehr Klang als Bedeutung, er klangelt sozusagen *Madagaskar* singend und Verlaine-Zeilen zitierend durch die Wohnung. Mit Anregung und klanglicher Unterstützung singen wir jetzt auch gerne wieder *Au claire de la lune*, mehrere Weihnachtslieder und als einzigen englischen Exponenten *Jingle Bells*. Dass sich sein Englisch komplett aufgelöst hat und im schwarzen Loch der Demenz verschwunden ist, kann ich am wenigsten verstehen. Englisch hat er am intensivsten erlernt, learning by doing, für die Briten und Amerikaner gedolmetscht und übersetzt vor der Matura; am meisten unterrichtet, gehört, gelesen, geschrieben, übersetzt und dann … all is gone – and it seems too hard to handle. Hard – da wären wir wieder beim Thema Regen: *It's a hard rain gonna fall*. Dylan's Bob-singt-in-allen-Gassen-Lieder passen für jede Lebenslage. Für den Four-Seasons-Folk-Club habe ich eine PowerPoint-Version eingerichtet, die dem Zuhörer den Text bebildert und mir das Auswendiglernen der 45 Zeilen erleichtert und gleichzeitig unnötig gemacht hat. Gleich auf dem ersten Bild: cute little Simon, mit seinen tiefblauen Augen und der Schielbrille, im Hintergrund sein etwas verloren wirkender Großvater auf der Couch vor Madagaskar, und davor: Oh, where have you been my blue-eyed son? Wo waren wir blauäugigen Kinder gewesen, als die Demenz begann? Far, far away. Und wo waren seine Lieblinge gewesen, seine Enkelkinder? Ebenfalls sehr weit weg, in Wien, in Spanien, wieder in Wien, selten, ganz selten mit dem Großvater unterwegs, der sie verwöhnte, der mit ihnen spielte, wenn er Gelegenheit dazu hatte.

Jetzt stolpert er an zwölf nebelverhangenen Bergen vorbei, läuft und kriecht über sechs verworrene Landstraßen, stapft mitten durch sieben traurige Wälder, steht vor einem Dutzend toter Meere, ist zehntausend Meilen tief in einen Friedhofsschlund geraten, im schweren Regen, im Hagel der Geschosse. True Dad, you *heard the sound of a thunder that roared out a warning, you heard the roar of a wave that could drown the whole world, you saw too many guns and sharp swords in the hands of young children, you met a man who was wounded in love, you met a man who was wounded in hatred, and now two young girls give you a rainbow*. Und wie geht's jetzt weiter? Und wie soll's jetzt weitergehen? Gehst du auch nach hinten zurück, bevor's wieder regnet, läufst du auch in die Tiefen des pechschwarzen Waldes, wo viele Leute leer ausgehen, wo die Giftkügelchen das Wasser vergiften, wo das Häuschen im Tal neben dem feucht-schmutzigen Gefängnis steht, wo des Henkers Gesicht immer anonym bleibt, wo Hunger hässlich ist und Seelen vergessen werden, wo Schwarz eine Farbe ist und Nichts eine Zahl, und wirst du's irgendwann erzählen, und ausbrüten und aussprechen und ausatmen, und wirst du's vom Berg herunterspiegeln, damit's auch alle Welt sehen kann, wirst du am Meer stehen, bis du untergehst, und kennst du dein Lied auswendig, bevor du mit Singen loslegst?

IL PLEURE SANS RAISON

Wieder die Metapher des Kummers, unpersönlich weint es, grundlos. Man weint. Ein Mann weint nicht. Ja, was jetzt? Ich kenne meinen Vater weinend so gut wie gar nicht. Ein Mal im Jahr holte er sich einen kräftigen Schnupfen, dessen Hauptmerkmal tränende Augen waren, mehr noch als die Nase rannen ihm die Augen, und obwohl die Ursache offensichtlich war, war mir dieser Anblick immer unlieb, fast peinlich, er passte nicht zu seiner emotionslosen Art, zu seiner britischen Kühle, die schon fast wieder etwas Cooles hatte. Heute lacht mein Vater öfter als früher. Er lacht, wenn andere lachen. Er lacht, wenn er nicht versteht, was wir sagen. Er lacht, wenn wir ihm eine Neuigkeit erzählen. Gestern hat er gelacht, als ich auf dem Klavier *Le Métèque* ausprobiert habe, wie sich die Griffe der Gitarre auf die Tasten umlegen lassen. Er hat genau hingehört, was ich da singe, und nach *Avec ma gueule de métèque / De juif errant, de pâtre grec / Et mes cheveux aux quatre vents / Avec mes yeux tout délavés / Qui me donnent l'air de rêver / Moi qui ne rêve plus souvent* hat er gelacht und hat gesagt: Gut so. – Ja, denke ich mir, gut, dass ich dieses Lied entdeckt habe, es hat mir das Gallische entgällt, und wenn ich es höre, sehe ich meinen Vater, der einen Schnauzer trägt, aber selten schnauzt, der kein Ausländer ist, aber im Dorf seiner Wahl immer ein Außenseiter geblieben ist, der kein Ahasver ist, aber ein Rad im Vornamen trägt, mit dem er auch weit herumgekommen ist, der kein griechischer Hirte ist, aber auch Kühe gehütet hat im Dorf seiner Väter, dessen Haare in alle Richtungen stehen und dessen Augen trüber geworden sind und öfter verwirrt als träumerisch dreinschauen, der keine

Träume mehr erzählt, weil selbst wenn er sie träumen würde, hätte er sie schon wieder vergessen beim Aufwachen. Manchmal kommen mir die Tränen bei diesen Zeilen des *Métèque*, ohne Grund vielleicht weint es in mir, denn eigentlich ist mein Vater zufrieden, wunschlos glücklich, erinnerungslos unbeschwert. Er isst nur mehr so viel er mag, ist schlanker als früher und versichert jedem, dass es ihm gutgehe. Sogar den jährlichen Katharrh scheint er vergessen zu haben. What the fuck makes me sad then? Dass er all die Wonnen des Alltags nicht mehr bewusst erlebt? Vielleicht würden ihn die Erinnerungen an das feindliche Territorium im Partisanenkrieg stark belasten? Was wäre, wenn er Albträume hätte und sich auch noch an sie erinnern würde? Wenn er die Zeitungsartikel verstünde und sich über die Griechen ärgern würde, wenn er schimpfte über die Milliarden, die wir den hellenischen Frühpensionisten nachwerfen, wo wir doch selber Weltmeister sind im Frühpensionieren? Hätte er mehr vom Lachsbrötchen, wenn er wüsste, dass der gute Fisch wild gefangen, umweltfreundlich geräuchert und nachhaltig verpackt wurde? Oder schmecken zwei Häppchen biologisch geäucherter Wildlachs ohne Gedächtnis, gedankenlos hinuntergeschlungen sozusagen, nicht genauso lecker? Erhöht sich der Genuss noch im Bewusstsein, dass der wilde Salmon im Angebot zum halben Preis wohlfeil war? Wohlfeil ist wohl geil. Oder wäre ihm wohler, wenn er wüsste, wie teuer die weihnachtliche Kalbsbrust war, und hätte er dann brav den ganzen Teller aufgegessen, wie das der Nachkriegsgeneration ins Stammhirn geschrieben wurde?

Das alles ist es wohl nicht, denn es ist die Unterhaltung, die den Unterschied zwischen einem genüsslichen Abendessen in freundschaftlicher oder familiärer Runde und der Napfverpflegung eines Hundes ausmacht. Wenn sich alle anderen am Tisch angeregt unterhalten, macht mein Vater Geräusche, die wohl seine Kommunikation über das Essen darstellen. Er schlürft den Kaffee genüsslich, er schwenkt das Bierglas vor sich her, er knallt das Glas auf den Tisch, er schmatzt, stößt auf, schlürft die Suppe mit zittriger Hand, und da sein Unterhaltungsarsenal schnell verbraucht ist, steht er nach drei Bissen auf und geht zum Fenster, zum Klavier oder aus dem Zimmer.

Meine Mutter, die noch bei Trost ist sozusagen, aber keinen Trost darin findet, schimpft entnervt: So bleib doch einmal sitzen, wir sind ja noch am Essen, du hast ja keine drei Bissen gegessen. – Sie kriegt noch vieles mit und ist häufig unzufrieden, lehnt aber jeden Vorschlag ab, der ihr Leben annehmlicher machen könnte, und will nichts mehr ausgeben, keinen Cent, wenn's geht. Sie kämpft wacker gegen ein neues Badezimmer, das nach zwei, drei Jahren Abwehrhaltung dann doch saniert werden muss, sie will die Kirchensteuer nicht mehr zahlen, fürchtet aber, dann nicht kirchlich beerdigt zu werden oder Schlimmeres, und irgendwann wird sie sie wieder nachzahlen, und ein neuer Bildschirm kommt ihr auch nicht in die gute Stube, obschon sie damit die schönen alten Filme wieder sehen könnte, untertitelt und restauriert. *Vom Winde verweht* sehen wir in der letzten Nacht des Jahres an, auf dem geschenkten DVD-Spieler und dem mitgebrachten Flachbildfernseher. Im kleiner werdenden Kreis der Familie, ergänzt um die Betreuerin, die sogar über die Weihnachtsfeiertage geblieben ist. Immerhin ist die Mutter noch lernfähig. Aus dem: Was soll ich mit der

Schesa? vor einem dreiviertel Jahr ist ein: Was würden wir bloß ohne Betreuerin machen, sie kann einfach alles und sie versteht sich so gut mit uns!, geworden. Aber meistens höre ich Mutters Klagelieder, etwa wenn das Ladegerät für die Badewannen-Hebebühne verschwunden ist.

Ich habe vor drei Jahre vorgeschlagen, das Bad in ein Duschbad umzubauen, drei Jahre ohne Badeprobleme, drei Jahre größere Selbständigkeit, drei Jahre geduschte, rasierte und zufriedene Eltern hätte es bedeuten können. No Sir! Ich – oder abwechselnd: Meinrad – will keine Dusche, will die selbst verlegten Fliesen nicht abreißen, will nicht haben. – Dusche essen Sparbuch auf, höre ich zwischen den Zeilen. Und jetzt darf ich das Ladegerät suchen. Nach einer knappen Stunde Jagd auf ein Ladegerät, das ich noch nie gesehen habe, taucht es unvermutet in der Küche auf, nun gut, Küche und Bad gehören doch wohnmäßig zusammen, die Feuchtgebiete eben. Dann ist der Badewannenabfluss verstopft und der Gehstock liegt in drei Teilen darnieder. Mit Pinzette, Druckschlauch und Klebeband wird alles wieder heil.

Nachdem wir vom Winde verweht wurden – und ich beeindruckt bin von einem Klassiker, den ich unterschätzt und ignoriert habe –, ist die Mutter von den Vorteilen eines DVD-Geräts überzeugt. Es ist zehn vor zwölf, als ich mich an den geliehenen Bildschirm erinnere, und dass er noch keine Kanäle gespeichert hat. Fünf vor zwölf finde ich die richtige Tastenkombination, um die Kanäle einzuspeisen, Silvester scheint auch auf öffentlichen Kanälen eine der erotischsten Fernsehnächte des Jahres zu sein, viel nackte Haut zieht da an uns vorbei, in manchen privaten Kanälen räkeln sich schon die televisionären

Sexarbeiterinnen und bitten um Anrufe, und gute zehn Sekunden bevor wir uns wünschen, das neue Jahr möge besser werden, dröhnt unser Kaiser in die gute Stube und *seyft* uns ein, die Pummerin wummert, Laras Champagner fließt, der Bruder kommt verschlafen aus seinem Zimmer und wir wünschen uns das gute neue Jahr, die Damen mit Kuss, die Herren mit einem kräftigen Händedruck. Ein bisschen Walzer, die Philharmonie geigt auf, viel Harmonie verbreitend. Wir reden von der chilenischen Abordnung in Viña del Mar, die jetzt im fünfzehnten Stockwerk an der Avenida San Martín oder Perú über dem Pazifik sitzt und bei Pisco und Marisco von legendären Gerichten, abwesenden Verwandten oder früheren Zeiten redend auf das große Feuerwerk über Valparaíso wartet. Niemand weint – auch nicht grundlos – bei diesem Jahreswechsel, auch die Mutter nicht, die sonst gerne eine Zähre verdrückt bei hohen Anlässen wie diesen. Wir sind alle froh, dass wir über die Runden gekommen sind, dass wir ein Jahr weiter sind, und dass wir zusammen sind. Zusammen sein, das ist doch wichtig. Ensemble, c'est tout. Kannst nicht bei deinen Lieben sein, sei doch zu denen um dich fein. Sagt Jerome, der Amerikaner. In English, of course: If you can't be with the ones you love, love the ones you're with.

In diesem Herzen, das immer mehr den Mut verliert. Mut war Mutters territorio comanche. Da war sie zu Hause. Mother's finest: uns zu sagen, wo's langgeht, uns vom Pfad der Destruktivität abzuhalten, uns einen Funken Ordnungssinn einzuimpfen, das war Mutters Sisyphusarbeit. Todo para mi madre. Der Vater mischte sich nie ein, nur wenn er in schweren Fällen als Strafvollstrecker gerufen wurde, meist schon durch das vorangegangene Geheul der Sirenen genervt, tat er seine erzieherische Pflicht und versohlte uns den Hintern kräftig genug, um auch noch unaufgedeckte Missetaten und erst neu zu begehende Freveleien in einem Aufwasch mitzunehmen. Die wenigen Male, die wir im Sinne der körperlich strafenden Nachkriegspädagogik übers Knie gelegt wurden, wie das euphemistisch bezeichnet wurde, konnten wir weder die Gewaltentrennung in Anklage = Mutter und Strafvollzug = Vater verstehen noch die Gewaltentladung auf unsere Sitzflächen als pädagogisch wertvoll erkennen. Jedes Mal hatten wir eine riesige Wut auf unseren Vater, und hätte er unsere Kommentare gehört, wären wir Kandidaten für die Besserungsanstalt geworden.

Unser Vater war friedlich und eher mutlos. Ich fürchte, seine Schneid hat ihm zuerst sein sehr strenger Vater abgekauft und den Rest hat er in Slowenien und Kroatien verloren – und wer hätte das nicht mit sechzehn Jahren, hinter sich die braunen Khmer und vor sich die zurecht rasenden Partisanen, die sich verzweifelt zur Wehr setzten. Gegen die Wehrmacht. Auch mein Vater wehrte sich so gut es ging, gegen den dementen Befehl, einen verlorenen, selbst angezettelten Krieg bis zur letzten Patrone auszufechten, gegen den kranken Auftrag an Jugendliche und Alte, den Vormarsch der Ostarmeen aufzuhalten oder wenigstens hinauszuzögern. – Wehrt euch nur, sagte unsere Großmutter zu uns, von ihr dürfte er mehr Mut zugesprochen bekommen haben als von seinen Vorgesetzten.

Wie? Kein Treuebruch? Was? Kein Verrat? Hallo? Null Bock? Traductor – traidor, sagt der Spanier, wer übersetzt, wird zum Verräter, weil bei jeder Übersetzung etwas auf der Strecke bleibt. Ohne Übersetzung bleibt das ganze Werk auf der Strecke, weil's der andere nicht lesen kann. Als Amateurübersetzer hat mein Vater vielleicht ein paar kleine Schnitzer gemacht und er war fast stolz darauf, dass Umberto Eco die Nachdichtung *Die magischen Kanäle* des Originaltitels *Understanding Media* in einem Essay als reißerisch bezeichnet hatte, aber ein Buch mit dem Titel *Die Medien verstehen* hätte sich in den 1970er Jahren im deutschsprachigen Raum wohl kaum verkauft.

Treue – heute kein Thema. Millionenfach missbraucht wie viele Werte zur Zeit der braunen Khmer, nimmt heute kaum jemand den Begriff gerne oder locker in den Mund. Treu wurden die Behinderten entsorgt, treu wurden die Entarteten verbrannt, treu wurden die Sündenböcke der finanziellen Krise enteignet, verjagt und ermordet, treu wurden dem dementesten aller Faschistenführer Eide geschworen bis zuletzt. Am schlimmsten wüteten jene, die die Treue noch mit ihrer Ehre vermischten und schließlich die Spreue nicht mehr vom Weizen trennen konnten. Ihre Ehre heißt Spreue. Spreu waren kurioserweise auch die vier großen Diktatoren Europas im 20. Jahrhundert, allesamt Komplexler aus Randregionen, Landpomeranzen, ungebildete Loser, denen ein Personenkult ungeahnten Ausmaßes zuteil wurde: der Schicklgruber aus der *Missgeburt* Österreich, der Dschugaschwili aus Georgien, der galicische Pancho und der massige Benito aus der Emilia Romagna, letztere zwei aus den ärmlichsten Regionen ihrer Länder. Wie viel Gedächtnisschwund war notwendig gewesen, um ihnen Treue zu schwören? Welche politischen, militärischen und ethischen Verrenkungen hatten stattgefunden, um ihnen zu glauben?

Meinen Vater habe ich nie Treue schwören gehört. Er hielt nicht viel aufs Militär, er ließ sich einkassieren, weil er sonst Kopf und Kragen verloren hätte. Er zeigte uns nie Bilder aus den Kriegsjahren, aber gerne einen 8-mm-Film aus Frankreich. In seinem Jahr als Sprachassistent war er Mitte Juli 1955 in Paris und filmte die Militärparade des 14. Juli mit Panzern, Triumphbogen und Charles de Gaulle personally. Lange habe ich mich gewundert, wieso er diese Schützenparade auf der Schooselisee so ausgiebig gefilmt hatte. Irgendwann war's dann glasklar: aus Freude über den Sieg der Alliierten, aus Genugtuung darüber, dass dem Totentanz der braunen Khmer ein Ende gesetzt worden war, dass man wieder reisen konnte, dass man Fremdsprachen lernen und bewundern durfte, dass Anderssein nicht gleich mit Gas oder Kopfschuss geahndet wurde. Dass er mit seiner jungen Frau dort war, wo er sein wollte, und nicht mit einem Haufen zusammengewürfelter Desperados dort sein musste, wo er nie hinwollte. Jahrzehnte später flogen wir nach Chicago, New York, Tokyo, Melbourne, Neu Delhi, London, Beijing, México Ciudad, Barcelona, Madrid, in die angesagtesten Städte, und sprachen fließend Englisch und Französisch oder Japanisch und Spanisch und versuchten ein wenig Mandarin zu radebrechen oder auf Suaheli guten Abend zu sagen, aber ich denke heute, dass es unvergleichlich fantastischer und euphorischer gewesen sein muss, an jenem 14. Juli 1955 in Paris den französischen Nationalfeiertag mitzuerleben, zumal Österreich gerade erst ein paar Wochen zuvor unabhängig und frei geworden war. Von einem Fünfhundert-Seelen-Dorf am Berghang mit dem Nachtzug nach Paris, zehn Jahre nachdem Europa die Cloaca Maxima der Zerstörungswut gewesen war, der kaputteste Kontinent.

Treue ist heute auf Konsum und Kommerz konzentriert. Treuemarken, Clubcards und Vorteilskarten belohnen die Rückkehr zum selben Geschäft, Anbieter, Verkäufer. Wir sind doch nicht blöd! Oder doch, manchmal? Geiz ist geil! Gibt es nichts Erotischeres? Geizhälse suchen mir den besten Preis, Willhaben muss haben, jetzt, sofort. Und unsere Ehre heißt Reue. Wenn wir einigermaßen ehrlich sind, bereuen wir den unnützen Einkauf, den unabsichtlichen Sonnenbrand, die sinnlos verbratene Nacht, die verzappten Stunden vor der Kiste, die versurften Tage im Netz. Aber dennoch bleiben wir unserem Supermarkt treu, und dem Internetportal und dem Sonnenbad.

Ich sehe meinen Vater als treue Seele, wie man früher so sagte, als guten Tschoole, wie das in der Region hier genannt wird. Einer der da ist, wenn man ihn braucht, einer der hilft, wenn's brenn, und einer der zupacken kann, wenn's mit Geld allein nicht getan ist. Und einer dessen Geduld man überstrapazieren kann, weil ihm fast nie der Kragen platzt. Ich denke er war ein treuer Familienvater, monogam wie ein Rabe, aber kein Rabenvater, oder wie ein Esel, ohne sich deswegen dumm vorzukommen. Wahrscheinlich war er viel zu beschäftigt und viel zu gemütlich für anstrengende Nebenschauplätze oder gar Konflikte.

Was? Kein Treuebruch? Verlaine und Mathilde liegen auf ihrem improvisierten Doppelbett, sie wohnen und leben noch in Paris. Sie hatten die Pest noch nicht an Bord, aber dafür einen süßen kleinen Jungen. Es ist September, sie haben ihre Zelte in Paris abgebrochen, Paul hat seine Stelle gekündigt, die drohende Verbeamtung außen vor gelassen, und sie haben ihr nomadisches Hab und Gut in zehn Holzkisten mit der Kutsche nach London vorausgeschickt. Sie würden in St. James an der Starfield Road wohnen, am Sternenfeld des Jakob, wenn man's weniger prosaisch sieht. Sie freuten sich auf ein neues Land, auf englische Kühle und Sprache, auf eine abenteuerliche Reise über den Kanal, nach Dover und von dort weiter ins Herz des Empires. Verlaine ist geschafft, die Bewerbung, die Kommission, die Zusage, die Vorbereitungen mit der Botschaft, die Bürokratie, die Verabschiedungen, die letzten Tage in der Stadtverwaltung, die Ungewissheit. Mathilde ist nervös.

Sie lagen auf der Tagesdecke, der *fiston* schlief wahrscheinlich schon und Mathilde dachte an nichts. Sie dachte sich nichts. Sie dachte mir nichts und dir nichts. Vor einem halben Jahr waren Paul und Arthur von Nordfrankreich und Belgien zurückgekommen, nach einer dreimonatigen Vagabundenreise. Obwohl mit ihm das Oberhaupt der Familie verreist war, war ihr nicht langweilig gewesen, sie war gerne alleine für eine Weile, auch für eine längere Weile. Alles war auch so schnell gegangen: Sie kannten sich seit zehn Monaten. Sie lebten seit acht zusammen, sie waren seit sechs verheiratet, seit vier hatten sie einen Sohn, und seit zwei Monaten war er nun wieder da, mit diesem Rimbaud. Jetzt waren sie im Jahre null vor dem Aufbruch nach Avatar. Paul war schon mehrere

Male für einige Wochen auf Reisen gewesen, um seine Mutter zu sehen, um Gedichte zu schreiben, um allein zu sein, Gründe gab es genug.

Für sie war es klar, dass er ohne Diskussionen und ohne Abmachungen oder Gegengeschäft mit Rimbaud reisen konnte und dies auch genießen sollte. Sie schrieben sich lange Briefe und freuten sich immer mehr aufs Wiedersehen. Doch jedes Mal gut eine Woche vor der Abreise brach sie in einem geeigneten Moment in heftiges Weinen aus, er fragte sie erschrocken, was denn passiert seie, und sie heulte wegen der langen Trennung und weil sie ihn so vermissen würde. Es war eine ehrliche Vorwegnahme des Trennungsschmerzes und bedeutete auch: Ich nehme das nicht auf die leichte Schulter und du hast es auch nicht leicht. Und in den Briefen sagte sie manchmal: Je t'espère. – Die Worte verstand er gut, allein, die Botschaft dahinter kapierte er lange nicht. Das hieß im Klartext: Fang bloß nichts an auf diesen Reisen, ich bleib ja auch sauber.

Sie hatte genug Arbeit um die Ohren, war mit dreißig als Dozentin an ein Institut Universitaire de Formation des Maîtres (IUFM) gekommen wie die Jungfrau zum Jesuskind und hielt neben den Französischstunden am Lycée noch Vorlesungen über die klassischen Dichter, wobei sie ihren Studenten in Sachen Poetik meistens gerade ein paar Kapitel im Buch voraus war. Dazu kamen noch zweieinhalb Stunden Pendeln mit der Straßenbahn, der Kutsche und zu Fuß, im Winter ging sie bei Dunkelheit aus dem Haus und kam im Dunkeln wieder zurück, ohne zu munkeln. Dort klang ihr Tag mit Heizen, Kochen und der Unterrichtsvorbereitung für den nächsten Tag aus. Ihr Sonnenschein und sein Rimbaud hingegen standen im fahlen Licht der Atlantiksonne auf, ließen sich das Frühstück von der *domestique* ans Bett servieren und tranken noch in der letzten Abendsonne eine grüne Fee im Casinopark. Sie hatten Mitte Dezember das windige, eisige und grantige Paris gegen das frühlingshafte und verwöhnte Brügge getauscht, wohnten in der Sonnenuntergangstraße Ecke Norte und kamen im März abgebrannt und goldgelockt nach Hause.

Da sie nicht nur fürs Arbeiten lebte, ging sie hin und wieder aus, besuchte Freunde und ihre Familie in Paris, und sie traf auch einige ihrer gemeinsamen Freunde und Freundinnen. Überhaupt war es eine erstaunliche Entdeckung gewesen, alleine ausgehen zu können und etwas Geld für sich übrig zu haben. Seit Jahren ging das schmale Beamtengehalt in drei Segmenten für die Wohnung, die Lebenshaltungskosten und das Kind restlos auf, Paul investierte jedes Nebenverdienstchen in die Reisen mit Arthur und das Vagabundieren. Dass sie sich neue Schuhe kaufte und das Eislaufen für sich entdeckte, war okay; mit den gemeinsamen Freunden und Freundinnen hatte sie sich getäuscht: Paul beharrte darauf, dass dies seine Freunde seien und sie nichts mit ihnen im Theater verloren habe. Am schlimmsten traf ihn, dass einer seiner Freunde, der mit ihr Sprachen studiert hatte und aus der Provinz kam, sie aufgesucht hatte, ob sie ihm mit seiner Abschlussarbeit helfen könne. Sie hatte arglos zugesagt und half ihm tatkräftig mit Zitieren und Schreiben – sie hatte immer gerne geschrieben –, aber Paul befürchtete, dass die Freundschaftsdienste mit Liebesdiensten abgegolten worden waren und sann möglicherweise auf eine didaktische Vergeltungslektion.

Sie musste eingeschlafen sein und träumte, dass sie auf dem Bett lagen und Paul plötzlich zu weinen begann. Dabei war keine Vagabundenreise in Sicht. Nach London wollten sie gemeinsam. Weinen war keine Seltenheit bei ihm, dem empfindsamen Dichter, also dachte sie zuerst, die Reisevorbereitungen und die Ungewissheit der Zukunft machten ihm zu schaffen. – Was ist denn los?, fragte sie, machst du dir Sorgen wegen der langen Überfahrt?

–Nein, das ist es nicht.

–Möchtest du doch nicht nach England?

–Doch, ich weiß nicht, ob ich krank bin.

–Krank? Was fehlt dir denn?

Das Weinen wurde heftiger, sie machte sich trotz der Müdigkeit langsam Sorgen.

–Ich weiß es nicht, vielleicht die PEST?

Sie lachte ungläubig und vor allem unwissend.

–Die PEST, woher willst du denn die PEST haben?

Das krampfhafte Weinen gab ihr Zeit, um zu verstehen, dass auch ihr Mann die PEST haben konnte, zumindest infiziert sein konnte, wenn denn irgendetwas ganz anders gelaufen war, als ihr Familienidyll ihr vormachte. Sie hatte sich da sehr sicher gefühlt, ein junger Mann mit seinem besten Freund auf Reisen, zwei junge Dichter, Idealisten, voller Metaphern, Similes, Symbole … Aber wie, aber wer, aber wo …

–Der Rimbaud …

–Wie, der Rimbaud?

Heftiges Schluchzen. Ohne diesen emotionalen Wasserfall wäre sie möglicherweise ausgerastet, es hätte ihr durchgeseicht, wie man in der Provinz sagt, aber das Weinen machte sie wehrlos.

–Ja, der Arthur, du weißt schon …

Nein, sie wusste fast gar nichts. Der Arthur war ein Flüchtling der Niederschlagung der Pariser Kommune gewesen, der mit 16 mittellos nach Paris gekommen war und über viele Umwege in ihrem Haus gelandet war, und just als sie hochschwanger gewesen war, hatte Paul ihn auf Grund seiner Begeisterung für seine Gedichte spontan eingeladen. Sie hatten sich auf Anhieb verstanden, bewunderten sich gegenseitig und lebten vom Geld ihrer wohlhabenden Mütter. Rimbaud konnte bezaubernd sein, ein Phantast, ein bezirzender Seher, der behauptete, das ICH seie ein Anderer, der sich als Erfüller einer Vision sah, der in höheren Gefilden schwebte, die den von ihm verachteten Spießern verschlossen blieben … Sie wollte zuerst einfach nicht verstehen.

– Was war mit dem Arthur?

– Wie waren so lange unterwegs, die vielen Reisen, die langen Gespräche, die Nächte in den Städten, die Unterkünfte, wir haben aus Geldmangel Doppelzimmer bezogen, der Absinth … ich wollte ja gar nichts … aber er hat mich verführt …

– Er hat dich was?

– Er hat mich verführt. – Wieder Schluchzen, sie kann keinen Gedanken mehr fassen, sie weiß nicht, was sie denken soll, geschweige denn, was sie sagen soll. Ihre kleine Welt bricht erst mal zusammen, was ihr überhaupt nicht in den Sinn kommt ist die Frage, ob sie das alles glauben soll. Ihr Mann mit einem anderen Mann? Der Vater ihres gemeinsamen Sohns, der gerade ein paar Monate alt war? Details kommen keine, Details wären jetzt überzeugend. Aber das geht ihr im Moment nicht durch den Kopf. Parzival: keine Fragen über das Leiden anderer stellen, schon gar keine bohrenden Fragen. Stattdessen fragt sie sich, wie man in so einer Situation reagiert. Gibt es ein Muster, wie tun die Schauspieler im Theater? Soll sie ein dramatische Szene machen, soll sie Mitleid zeigen, soll sie herumtoben und schreien, dass er selbst schuld ist, dass er mit dem Feuer gespielt hat, dass er genau wusste, was für ein perverses Schwein dieser Rimbaud war? Aber es gibt kein Muster, es gibt kein Theater und sie ist keine Schauspielerin. Sie tut, was ihr denn einfällt und was sie am meisten gesehen hat zu Hause: beruhigen. Sie nimmt Paul in die Arme, der Arme ist schon geschafft genug, und sie überlegen, wie's denn jetzt weitergehen soll, was sie in diesem neuen Territorium als Erstes unternehmen. Es ist noch eine gute Woche bis zur Abreise nach England. Paul wird einen PEST-Test machen, das ist seine Hauptsorge und der Grund, warum das Ganze ans Tageslicht gekommen ist. Die PEST ist in allen Hintergedanken, Aufklärung wird lebenswichtig, Ignoranz kann tödlich sein, und während neue Begriffe wie ungeschützter Geschlechtsverkehr und Körperflüssigkeiten ins Alltagsvokabular übergehen, werden Begriffe wie Enthaltsamkeit und gleichbleibende Partner wiederbelebt. Tagelang sind sie wie belämmert, sie kann mit niemandem über den Supergau in ihrer kleinen Welt sprechen, sie überlegt sich, was da wirklich los war mit Rimbaud, was aber auch nicht weiterhilft. Der nächste Schreck fährt ihr durch den Kopf: Wenn Paul infiziert ist, dann hat sie auch gute Chancen. *Verdammt, wie komme ich dazu?* Und dieses Hinterher-Geständnis ein Dreivierteljahr später: Ist das nicht Egoismus puro y duro? Der Geständige macht sich ein reines Herzchen, entlastet sein Gewissen und lädt den ganzen Mist auf seinem Partner ab, der sich nun nolens volens vollends und nicht enden wollend mit diesem Elend abgeben muss, und letztendlich so oder so nie genau wissen wird, was sich wirklich wie abgespielt hat. Ist der Traum zu Ende? War alles nur ein Albtraum?

Die Verlaines stecken bis zum Hals in der Scheiße. Scheidung geht ihr durch den Kopf, *ich jage den Mann mit Schimpf und Schande aus der Wohnung und seinen Sohn wird er nie wiedersehen*. Rache pur. Wenn's aber doch stimmt, die Verführungsgeschichte? Der blendend aussehende Blender Rimbaud, Arthur, charming everybody out of his or her pants? Das siebzehnjährige Engelsgesicht, aus dessen süßem Mund sich Hohn und Spott und Häme über die kleinbürgerliche Gesellschaft gießen wie Erbrochenes nach einer versoffenen Nacht. Sie reagiert nach Erbmuster: bloß keine Wellen machen. Ruhig abwarten, hoffen, dass der Pegel wieder zurückgeht. In der Schule hat sie zum Glück keinen Unterricht mehr. Jetzt vor einer Französischklasse zu stehen und womöglich einen Text zu lesen, in dem PEST oder *séduction* oder sonst irgendein Wörtchen vorkommt, das mit dem Hirngeplapper der letzten Tage übereinstimmt, das könnte fein danebengehen.

Fassung. Gesicht bewahren. Für Paul ist es noch mehr die Hölle. Als hoffnungsloser Hypochonder wird er sich schon Gedanken gemacht haben zu Inkubationszeiten, full-fledged disease und der Palliativstation. Sie taumelt durch Phasen der Wut, des Hasses, der Empathie und des Mitleids. Ein Abschiedsfest für ihren Freundeskreis können sie vergessen, davon ist nicht einmal mehr die Rede. Die Freude aufs Neue ist stark getrübt. Das Warten auf ein Resultat ist endlos und nervt entsprechend. Sie wohnen tagelang so nahe am Wasser, dass manchmal ein Blick genügt, auf den kleinen, fröhlich spielenden Jungen, und die Tränen rollen.

Dann noch eine Hiobsbotschaft: Ihr Vater braucht eine Herzoperation, damit der Kelch eines weiteren Infarkts an ihm vorübergehen möge. Sie bietet an, während der Operation da zu sein und die Abreise nach England zu verschieben aber das sei nicht notwendig, bescheidet ihr ihre Mutter, so wie man Geschenke in der Provinz lieber nicht bekommt, vorausahnend, dass man sich irgendwann dafür erkenntlich zeigen müssen wird.

Dann kommt der Tag der ungeschützten Wahrheit. Den Jungen lassen sie bei einer Bekannten, sie wissen ja nicht, was da auf sie zukommt und wie sie reagieren werden, sie trauen sich selbst nicht mehr über den Weg. Ungeschminkt kommt der Befund in einem staatlichen Kuvert und Paul wird beschieden, dass der ungeschützte Verkehr keine Konsequenzen hatte, der Test also negativ ist. Da es auch kein Beratungsgespräch gibt, sind sie schnell wieder entlassen. Sie umarmen sich, die schlimmsten Befürchtungen fliegen wie ein Schwarm Fledermäuse nach einem Knall davon. Sie werden nicht mehr von der Höllen Rache schikaniert, ein Neubeginn scheint möglich, umso mehr als sie Paris bald hinter sich lassen, Frankreich verlassen und auch beruflich neu beginnen werden. Paul ist erleichtert, Mathilde auch; der Unterschied ist, dass er schon neun Monate lang, eine ganze Schwangerschaft, mit dem Thema spazieren gegangen war, während sie die Keule gerade vor einer knappen Woche über den Kopf bekommen hatte. Wie blueeyed war sie gewesen? Immerhin waren sie mit einem blauen Auge davongekommen. Sie hatte noch lange an der Schieflage ihrer Beziehung zu kauen. Es war, als wäre die Schachpartie dieser Aufbruchphase ins Ausland mit all ihren Figuren auf den Boden der Realität gefallen und als versuchten sie jetzt, das Spiel wieder so aufzustellen, wie es zuvor gewesen war. Aber sie wussten nicht mehr genau, welche Figuren wo gestanden waren und welche sie schon geschlagen hatten. Eine andere Erinnerung ließ sich hingegen nicht mehr auslöschen.

CE DEUIL EST SANS RAISON

Es gibt keinen Grund zur Trauer. So wie ich unseren Vater im dritten Jahr seiner verlorenen Erinnerung erlebe, gibt es wirklich nicht viel Grund zur Trauer. Er ist zufrieden und macht alles mit, was wir ihm vorschlagen. Er lässt sich duschen und rasieren, er isst nur so viel er will und hat ein gutes Körpergewicht für seine Größe. Er kombiniert Schokolade mit Bier, Salami mit Kaffee und Rässkäse mit Sahne. Er genießt ohne Erinnerung und ohne Reue. Wer ihn anspricht, mit ihm singt oder ihn berührt, auf den geht er zu, den berührt er, dem trägt er scinen Sang oder sein Matrosenlied und -leid vor. Wer ihn korrigiert oder wer ihm etwas vorhält, den ignoriert er. Seine Zuneigung drückt er wortwörtlich so aus: Er fasst die ihm zugeneigte Person an den Schultern und neigt seinen Kopf mit der Stirn zum Gegenüber, bis er deren Stirn berührt, und dann lachen beide. Nur zweimal hat das bisher nicht funktioniert, einmal im Burgcafé: Nachdem wir einen Schwung Törtchen und Kuchen für den Sonntagnachmittag ausgesucht hatten und ihm das lange Stehen in der Konditorei zu viel geworden war, stellte ihm die Bedienung einen Sessel hin, sich auszuruhn. Als wir dann unsere Leckereien in der Tüte hatten, erkundigte sich die Besitzerin des förmlichsten Lokals im Dorf nach seinem Befinden, worauf mein Vater mit dem Zuneigungsritual antwortete. Die Dame war ziemlich befremdet und wusste nicht wohin mit sich selbst. Das zweite Mal war bei meiner Mutter …

C'EST BIEN LA PIRE PEINE

Das ist wirklich der schlimmste Schmerz, sagt mein Vater auf Französisch. Er sagt es uns, er sagt es zu den Betreuerinnen, er sagt es kleinen Kindern im Lift oder auf der Straße oder wildfremden Menschen im Spital, wenn wir seine Frau besuchen. Mutter liegt zum zweiten Mal in zwei Monaten auf der Internen A, diesmal mit Verdacht auf ein Streiferle, wie man einen kleinen Hirnschlag hier liebevoll bezeichnet, der sich aber der CT sei Dank als unbegründet herausstellt. Dann wird die Leber verdächtigt, an allem schuld zu sein, von Hepatitis B ist die Rede, die Medikamente seien falsch kombiniert und aus der Leberentzündung vom Dezember wird jetzt eine Zirrhose, zumindest ein Zirrhöschen. Das Labor hat sich geirrt, sie haben die falsche Hepatitis verfolgt, die Phiolen müssen nach Wien geschickt werden, alles verzögert sich, das Spital entschuldigt sich. Vor und nach der Einlieferung sieht es schlimm aus: Mama liegt mit weit geöffnetem Mund auf der Couch, die sonst mein Vater beschlagnahmt hat, sie redet verwirrt und weiß nicht wo sie ist, uns wird ganz anders, ich rechne mit dem Schlimmsten, einmal fragt sie auch: Muss ich jetzt sterben? – Im Spital, am ersten Besuchstag bittet uns die Krankenschwester um eine Unterschrift der Mutter für die Privatversicherung. Sie erkennt uns zwar, aber sie glaubt, bei der Unterschrift gehe es um die Wohnung und deren Verkauf, sie müsse erst den Meinrad fragen und wir können ihnen doch nicht die Wohnung wegnehmen. Ich komme mir vor wie im schlechten Film, die Szene mit der Erbtante und dem Sparbuch; dabei braucht die dämliche Versicherung eine Bestätigung, dass sie jetzt für Zweierzimmer,

Wunscharzt, Parkgebühren, Fernsehen und Telefon aufkommen wird müssen. Wir sagen ihr das fünf Mal, mit der Unterschrift bekommst du etwas von der Versicherung, niemand nimmt dir etwas weg. Ist das der schlimmste Schmerz, von dem mein Vater spricht? Nicht mehr zu wissen, was denn eigentlich vor sich geht in der Welt, die einen umgibt?

Jetzt ist meine Mutter wieder zu Hause. Nach zwei Wochen Spital und viel gutem Zureden wie dem sprichwörtlichen kranken Ross akzeptiert sie die Rehab in Maria Rast am Vorabend ihres letzten Tages im Spital. In der Rehab hat sie Betreuung, Ruhe, gutes Essen, die richtigen Medikamente, Therapie, vor allem Therapie, und leider kein Achtele nach fünf, von dem der Volksmund, wenn einer denn neunzig geworden ist, sagt: 's Achtele hat ihn gehalten, wenn einer aber mit siebzig stirbt: Er hat halt gesoffen. – Nach einer Woche Rehab will sie dann endgültig nach Hause. Niemand kann sie halten. Dort trifft schnell das ein, was ihr alle versprochen haben: In wenigen Stunden ist sie total entnervt von *Madagaskar*, vom Klavierspiel, von Vaters Unruhe – die sie auslöst – und sitzt alles überwachend im Wohnzimmer. Redet davon, die Betreuerinnen wieder nach Hause zu schicken, und lehnt wieder jeden Vorschlag ab. Aus einer Einladung ihrer steirischen Schwägerin und unserer lustigsten Tante wird ein kleines Drama. Sie kann nicht mitkommen, draußen liegen Schnee und Eis, der Geburtstag findet in einem kleinen Berggasthof statt, in einer 400 Jahre alten Mühle, auch dort der Weg verschneit, und es ist extrem kalt für unsere klimagewandelten Winter. Meine Schwester schlägt vor, dass wir zwei den Vater begleiten, so sieht er alle seine Geschwister wieder, hat einen Fahrer und eine Begleiterin, dann soll aber doch die Betreuerin mitkommen. Mir ist alles recht, Hauptsache mein Vater kommt unter die Leute, kann sein *Madagaskar* vortragen und ein paar Mal sagen, dass er zufrieden ist. Nach dem Essen macht mein Vater keine Anstalten, nach Hause zu gehen, fragt auch nie danach. Wir suchen ihm ein Sofa, auf dem er vor Madagaskar liegen kann, und prompt findet sich eins im anliegenden Ferienhaus. Abwechselnd passen wir auf ihn auf und rauchen eins auf dem Balkon. Als der Vater wieder munter wird, gehen wir zurück zum Fest und stellen fest, dass fast alle seine Geschwister schon nach Hause transportiert wurden, der Älteste ist jetzt mit dem Jüngsten zusammen unter den Letzten. Die steirische Verwandschaft packt ihre Sangeskünste aus, das gefällt meinem Vater sichtlich, er fragt noch immer nicht, wann wir nach Hause fahren. Schließlich singen wir *Madagaskar*, das auch in der Steiermark einen gewissen Bekanntheitsgrad hat. Ein letztes Bierchen und wir brechen um halb eins auf. Zu Hause erwartet uns eine wütende Mutter, die uns ausschimpft wie zwei Jugendliche, die den Zapfenstreich verpasst haben, was uns denn eingefallen sei, sie könne kein Auge zumachen, bevor Meinrad nicht zu Hause sei, und dergleichen mehr. Ich winke ab und frage sie, warum sie nicht einfach geschlafen habe. Das könne sie eben nicht, wenn der Meinrad noch nicht zu Hause sei. Wenn er zu Hause ist, kann sie nicht schlafen, weil er schnarcht, weil er aufsteht, weil er Klavier spielt um halb elf und weil er unruhig ist. Ist das der bitterste Schmerz? Alles kontrollieren zu wollen und fast nichts mehr im Griff zu haben?

Der japanische Bruder ist da. Der milde. Der die milde Sorte raucht. Schnell kommen wir auf den springenden Punkt zu sprechen, Mutters Willen. Mein Bruder findet, wir hätten ihren Willen zu respektieren. Er macht nur, was sie will. Ich erkläre ihm, dass es inzwischen viel öfter darum gehe, was sie nicht will, und dass dies nicht immer zu ihrem gesundheitlichen und finanziellen Vorteil sei. Es geht ums Eingemachte sozusagen, um Wohl und Wehe und nicht irgendwelche Pipifax-Mätzchen, ob sie den Stock nimmt zum Gehen oder den Rollator, ob sie den Kuchen am Nachmittag isst oder am Abend, ob sie ein Schlaftablettchen bekommt oder nicht. Und wo war ihr Wille, als er die legendäre Restrechnung der Terrassensanierung einfach vom Vater unterschreiben ließ? Mein Bruder war nämlich der Erste gewesen, der aus diesem faulen Fass gesoffen hatte und Vaters Demenz sinnstiftend genutzt hatte, um sich über Mutters Unwillen, eine nachträgliche und völlig gerechtfertigte Rechnung eines Spenglers zu begleichen, hinwegzusetzen und dem Vater einzusagen, dass diese Rechnung bezahlt werden müsse. Monatelang war die Diskussion hin und her gegangen, wir hatten alle schon ein Spenglersyndrom, aber niemand hatte über den Wunsch der Mutter hinweg entschieden. Der Älteste ging also hin, trat vor den Vater und sagte zu ihm: Papa, diese Rechnung vom Würbel muss bezahlt werden, es ist höchste Zeit und sie ist in Ordnung. – Darauf ging er zur Mutter und tat ihr Vaters Willen kund. Die Mutter sagte darauf: Aber Meinrad, zu mir hast du immer gesagt, diese Rechnung bezahlen wir nicht. Und mein Vater sagte zum Erstaunen aller: Ja, aber jetzt habe ich meine Meinung geändert und dabei bleibt es. –

Und wo war ihr Wille, als wir beschlossen, dass Betreuerinnen hermussten, weil es anders einfach nicht mehr ging? Wo war ihr Wille, als ich den 55plus-Internetanschluss des lokalen Kabelbetreibers bestellte, weil die Betreuerinnen einfach gratis skaipen, tschätten und via Fesbuk mit ihrem Freundeskreis in Verbindung bleiben möchten? Und was wäre, wenn ich ihm erklärte, dass unsere Eltern reif für einen Sachwalter seien, da würde ihm ganz anders, ja panisch würde er, der Bruder, weil dann ein Richter ins Haus käme vom Bezirksgericht und sich mit den Eltern unterhielte, um sich ein Bild zu machen, ob die Eltern ihre gesundheitlichen Belange noch überblicken, ob sie Amtswege noch erledigen können, Formulare verstehen und ihre Geldausgaben einschätzen können. Kein lustiger Biernachmittag wäre das, kein Fohrenburgerabend, wie es meine Schwester nennt, sondern la pire peine mit sehr geringem Unterhaltungswert. Zum Glück geht es ohne Sachwalterei, weil meine Schwester ohnehin schon die elterlichen Finanzdinge besachwaltet, Zugang zum Konto hat und wir Amtswege und Formulare auch ohne Bezirksrichter für die Eltern erledigen.

Was war der schlimmste Schmerz im Leben meines Vaters? Ich stelle mir vor: eine Nacht im Herbst 1944. Ein langer Zug Kriegsgefangener im damaligen Jugoslawien marschiert in der Nacht, damit sie vom Feind nicht ausgemacht werden können. Mein Vater, ein siebzehnjähriger Jugendlicher aus einem Bergdorf auf dem Weg ins Ungewisse, vielleicht in ein Arbeitslager, vielleicht an die Wand, vielleicht in irgendein Massengrab, vielleicht in einen Gulag, wo sie aus den Menschen Gulasch machen, sie so lange zermürben, bis sie fast von alleine auseinanderfallen. Dabei hat er für niemanden gekämpft, die tausendjährigen Eichen und die Herrenrassen waren ihm so fremd und unverständlich wie die harschen Befehle der Partisanen, so unsympathisch wie die Gewehrkolben der Aufseher, die jetzt für gerade Reihen sorgten und für Disziplin.

Vielleicht hatte er gar keine Zeit für Schmerz und Selbstmitleid? Vielleicht stieg sein Adrenalinspiegel höher, als er seinen Dialekt bei einer der vielen Zwangspausen in den Wäldern Sloweniens hörte und sich ein Grüppchen aus seiner Heimat zu einem nächtlichen Fluchtversuch absprach? Der Sebi war aus Rankweil, ein Dorf, das mein Vater vom Viehkauf seiner Mutter kannte. Später würde er seine Frau dort kennen lernen und den weitaus größten Teil seines Lebens mit ihr verbringen. Der Hofer war aus Götzis, dort würde er später seine Eisenbahnsachen einkaufen für das Hobby, mit dem er den größten Teil seiner Freizeit verbringen würde. Der Schöch war aus Feldkirch, dort würde er den allergrößten Teil seines Berufslebens verbringen. Zufälle? Woher die anderen waren, weiß ich nicht, mein Vater auch nicht mehr, lassen wir's. Er hat eben nie vom Krieg erzählt, vielleicht war es zu schrecklich, vielleicht war es zu schmerzhaft? Vielleicht wäre es heilsam und wichtig gewesen, möglichst viel zu erzählen, es abzulegen, es anderen aufzubürden und so wieder Mut zu fassen. Oder: Vielleicht hatte er den Adrenalinkick seines Lebens, als sie nächtens *austraten* und dabei in verschiedene Richtungen flüchteten, so dass die Wachen bestenfalls auf einen oder zwei von ihnen zielen konnten? Doch damals hatte man keine Adrenalinkicks, man hatte sehr prosaisch die Hosen voll oder bestenfalls schlug einem das Herz bis zum Hals herauf, jedenfalls war es ein entscheidender Moment im Leben meines Vaters, vielleicht war er auch einfach an einem Punkt angelangt, wo er vor Kälte, Hunger und Angst einfach alles riskierte und es ihm egal war, wie die Sache ausgehen würde. Das Einzige, was er sicher wusste war, warum er abhauen wollte: Er wollte nach Hause, er wollte nicht in einem Arbeitslager, in einem Massengrab oder an der Wand enden, er wollte endlich nach Hause und wieder leben. Er wusste, warum er floh.

DE NE SAVOIR POURQUOI

Das ist die Zeile, die mein Vater auslässt in der einzigen Strophe, die er selber noch ins Rollen bringt. Warum, weiß ich auch nicht.

SANS AMOUR ET SANS HAINE

Das ist die Zeile, die ich besser auslasse, weil zum Glücklichsein viel Sein, wenig Haben und ein kurzes Gedächtnis vorteilhaft sind.

Muttertag – the real challenge. Vielleicht habe ich das spanische Konzept der Mutter schon so weit assimiliert, dass es mir ganz selbstverständlich erscheint für sie zu kochen, ein nettes Essen zu organisieren, eine Clematis zu schenken, deren Vorgängerin im Winter abgestorben ist, und den guten Teil des Tages im Elternhaus zu verbringen. Mutter gibt es nur eine. Gott sei Dank! Warum nur ist die Frau so verbittert geworden? Sie lässt sich treiben auf dem Strom ihres Lebens wie eine Kanutin, die ihre Paddel verloren hat und nicht glauben kann, dass es immer nur abwärts geht. Sie will die Betreuerinnen nicht bezahlen und lässt sie das auch immer wieder wissen, wissend, dass es ohne Betreuung überhaupt nicht mehr geht. Sie schimpft über die Ärzte, die ihr nicht geholfen hätten, wissend, dass bei ihrem Übergewicht eine Knieoperation sinnlos ist, ebenso eine Hüftoperation. Ich bin nicht übergewichtig, war immer ihr Credo, ich bin nicht die Tante Anna, die so schwer war, dass sie nur mehr im Rollstuhl sitzen konnte. Seit fünf Monaten sitzt die Mutter im Krankenbett, im Ledersessel, auf einer Transportliege, auf der Couch oder auf einem Sessel. Mit Hilfe des Rollators kommt sie bis zur Küche, zum Bad, zum WC. Ein bis zwei Mal am Tag schafft sie es bei gutem Wetter rund ums Kloster.

Besucher kommen fast keine mehr, die einen hat sie vergrault, die anderen haben ihre eigenen Gesundheitsprobleme. Fast besessen sorgt sie sich um ihren Mann, wenn wir etwas länger spazieren als üblich, gibt es besorgte Vorwürfe, wo wir so lange geblieben seien. Wenn er in Richtung Haustüre geht, sofort: Wo ist der Meinrad, wer geht ihm nach? – Jedes Mal, wenn er umgefallen ist wegen des schnellen Aufstehens, ein Drama, das mehr aufregt als der Umfaller.

Lange habe ich mich gefragt, wozu diese besessene Fürsorge gut sein soll. Fürsorge ist ja durchaus positiv für den Lebenspartner, den Lebensmittelpunkt, aber warum so aufgeregt? Jetzt, wo die langen Tage und Wochen und Monate des Sitzens nur noch von der Krankenschwester, von Renee und von Tochter und Sohn unterbrochen werden, tritt das Motiv immer klarer hervor, klar wie die unsichtbare Schrift aus bitterem Zitronensaft auf Backpapier, wenn man sie über eine Kerzenflamme hält: Meine Mutter wäre schrecklich alleine, mutterseelenalleine, wenn der Hauptgrund ihres Jammers wegfiele, wenn sie ihr Schicksal nicht mehr am anderen festzurren könnte, wie ein großes Kreuzschiff, das an einem kleinen Poller angetäut ist und sich deshalb nicht rühren kann.

Vor langer Zeit hätte sie sich rühren müssen. Vor einem Vierteljahrhundert hätte sie sich um so banale Dinge wie Gewicht, Gesundheit, Tagesaktivitäten und ihr Sozialnetz kümmern können. Wären sie, hätten sie, täten sie … ja, warum nicht Gedanken spielen, ob es anders auch hätte kommen können.

Ich sitze wieder im Café, diesmal im Oxymoron in Berlin in den Hackeschen Höfen. Nach zwanzig Jahren Encuentros, nach geschätzten dreißig Konferenzen und Flügen und langen Wochenenden an der Spreeperle scheint das Langzeitprojekt Spanischlehrbuch seinem Abschluss zuzugehen. Es war sehr entspannt, unterhaltsam und konstruktiv, es hat mich sehr gefreut. Aller guten Dinge sind drei, von der dritten Ausgabe im dritten Band ist die dritte Unidad mein letzter Beitrag bis auf Weiteres. Ob es eine vierte Ausgabe geben wird, weiß niemand. Ob ich dann noch motivierende Übungen und Textchen für viermal jüngere Lerner schreiben möchte oder kann, wei ich selber nicht. Am Ersten des Monats ist das jüngste Geisteskind aus der roten Reihe erschienen, *¿Qué me quieres, amor?* von Manuel Rivas, meinem Jahrgänger und Vorbild. Auch ich frage mich, wozu liebst du mich, Schatz? Ich bin Strohwitwer und komme mir vor wie das Rumpelstilzchen, das aus Stroh Gold spinnt, um das nächtliche Feuer tanzt und gut findet, dass es niemand kennt.

In letzter Zeit geht es auf und ab mit dem Vater. Es ist wieder Sommer, vor genau einem Jahr habe ich in Xoans kleinem Patio in Menorca in den kühlen Morgenstunden angefangen, mir Notizen über die Demenz meines Vaters zu machen. Ein Jahr später schläft er noch mehr, auf die Terrasse kommt er noch locker, in den Garten hinunter ebenfalls, aber um den ganzen Kirchenberg haben wir's schon seit Längerem nicht mehr gewagt. Die Betreuerinnen habe ich gebeten, so oft wie möglich mit ihm spazieren zu gehen, jedes Mal wenn er zur Terrasse geht, habe ich vorgeschlagen, sollen sie ihm die Schuhe anziehen und einen kleinen Spaziergang mit ihm machen – in ihrem eigensten Interesse, denn dann schläft er untertags nicht so viel, hat Bewegung und Belüftung. Der Haushalt, die Ordnung, die Sauberkeit, das Wäschewaschen, der Einkauf, das Geschirr, der Garten, die Blumen, der Abfall, die Post – alles ist unwichtig gegenüber diesen kleinen Spaziergängen. Mein Vater sieht jede Blume, bemerkt die immer häufiger vorbeiwieselnden Eidechsen auf den heißen Mauern, grüßt die ihm unbekannten Menschen und redet mit allen, die nicht größer als ein Meter sind. Zu Erwachsenen sagt er selten etwas. Jede Bemerkung – meist muss sie laut wiederholt werden – nimmt er gerne an, die zwei Reaktionen, die ihm noch geblieben sind, Staunen und Lachen, sind die Reaktionen, welche unser Leben am meisten bereichern.

Mein Vater hat jeden Schmerz im Herzen vergessen. Das Verlaine-Gedicht hat nichts, aber auch gar nichts mehr mit ihm oder mit seinem jetzigen Leben zu tun. Er sagt es zu uns, er trägt uns dieses Gedicht vor, wie der Lehrer den Schülern. Er weiß, was es bedeutet. Er hat es begriffen, erfahren, erlebt. Wir müssen es begreifen, wir müssen es verstehen lernen, wir müssen es interpretieren. Unsere Herzen schmerzen. Uns tut es weh, wenn wir nicht mehr beachtet werden, wenn wir nicht mehr die richtigen Entscheidungen treffen können, wenn uns die Zuneigung entzogen wird, wenn jüngere Menschen mehr Aufmerksamkeit erhalten, wenn wir geschäftig alles organisieren und das Resultat abgelehnt wird, wenn die Realität eine andere ist als die, die wir herumerzählt haben, wenn unsere Kinder ihre Liebe umkanalisieren, wenn wir uns mit Unbekannten stundenlang unterhalten können, aber dem lebenslang vertrauten Partner nichts zu sagen haben, wenn wir uns nichts sagen lassen können, wenn wir uns nicht entschuldigen können für das, was wir zerstört haben, wenn wir nicht die Nähe erfahren, die wir gerne hätten und wenn wir nicht zufrieden sein können mit dem, was wir sind und haben.

Conclusio: Tu was! Hack nicht auf anderen herum oder auf dem Wetter, fang bei dir selber an, wenn du etwas machen, verändern, erreichen willst. Jedes Mal, wenn mein Vater von der Couch aufsteht und alle *Langsam!* rufen, weil ihm leicht schwindlig wird, wenn der Kreislauf nicht gleich anspringt, sagt er:

Langsam geht die Welt zugrunde. Und beruflich bedingt füge ich hinzu: Und vornehm! – Wenn er in Richtung Küche oder Terrasse geht, schlage ich ihm vor, eine Runde zu drehen, eine Runde ums leer stehende Kloster. Manchmal legt er seine Hand um meine Schulter – was er früher nie getan hätte – und fragt, wie's geht. Gut, sage ich, ich bin gerade dabei, den dritten Band vom Spanischbuch fertig zu schreiben. Erstaunt sieht er mich an und fragt: Wieso machst du ein Spanischbuch? – Ich muss lachen und denke mir, ja, das frage ich mich manchmal auch, aber jedes Mal, wenn eines fertig wird und wir's schriftlich bekommen, dass hunderttausende Schülerinnen und Schüler damit eine zweite oder dritte oder vierte Fremdsprache lernen, freut es mich. Und wenn ich meine Vater frage, ob wir aus dem Klostergarten, der jetzt nach und nach verwildert, ein paar Blumen mitnehmen sollen, freut es ihn diebisch und schelmisch zwinkert er mir zu, ahnend, dass es nicht ganz koscher ist, aus einem katholischen Klostergarten zwei wunderschöne Lilien zu klauen. Auch meine Mutter freut sich, dass wir Blumen mitbringen, und die Betreuerin freut sich ebenso, weil sie's auch so hält mit den Klosterblumen, mit ihr kann man Blumen stehlen gehen, sozusagen.

Langsam geht die Welt zugrunde. Genießen wir sie, solange sie noch da ist, solange wir noch heil sind, solange wir das Unwichtige vergessen können und uns an das Wichtige erinnern. Cheers.

Klaus Andreas Amann wurde in Hohenems geboren und verbrachte Kindheit und Jugend im Ländle. Das Studium der Musik, der Amerikanistik und der Hispanistik führte ihn nach Innsbruck, Iowa und Wien. Nach 20 Jahren in den USA, in Wien und Spanien lebt er heute wieder in der Provinz. Neben seiner Unterrichtstätigkeit mit Schwerpunkt Spanisch ist er Lehrbuchautor in Berlin und hat Werke von Autoren wie Antonio Skármeta, Manuel Rivas, Pedro Almodóvar, Elvira Lindo, Hernán Rivera, Daniel Defoe und Junot Díaz annotiert und kommentiert. Er reist, liest, musiziert, fotografiert und schreibt gerne, ist mit Chile verheiratet und hat zwei umtriebige Töchter.

Verlag Bibliothek der Provinz

Literatur, Kunst und Musikalien